Dream's Lullaby

Tome 1 : Requiem

Mina K. & Nawel Nedeï

© 2022. © Nawel Nedeï & Mina K, Editions Encre de Lune.

Tous droits réservés.

Le Code de la propriété intellectuelle interdit les copies ou reproductions destinées à une utilisation collective. Toute représentation ou reproduction intégrale ou partielle faite par quelques procédés que ce soit, sans le consentement de l'auteur ou de ses ayants droit, est illicite et constitue une contrefaçon, aux termes des articles L.335-2 et suivants du Code de la propriété intellectuelle.

Crédit photo : ©adobestock

ISBN numérique : 9782494619722

ISBN broché : 9782494619739

ISBN relié : 9782494619746

Éditions Encre de Lune, 21, rue Gimbert, 35580 Guignen

Courriel : editionsencredelune@gmail.com

Site Internet : www.https://editionsencredelun.wixsite.com/website-1

Cet ouvrage est une fiction. Toute ressemblance avec des personnes ou des institutions existantes ou ayant existé serait totalement fortuite.

Dédicace

Cette histoire se passe dans des lieux qui existent réellement, mais certaines différences persistent. Les êtres qui vivent sur Terre naissent parfois avec des pouvoirs, ils deviennent des sorciers plus ou moins puissants, avec une maîtrise d'un art ou d'une compétence élémentaire associée à différentes particularités.

Attirée par l'argent et la dominance des autres humains, une poignée de mages a basculé dans la Magie noire, préférant la torture et les luttes meurtrières à la guérison et à l'amour.

Pour rivaliser avec ce fléau, les clans de chasseurs ont été créés. Ils sont là pour débusquer et éradiquer ces fauteurs de troubles. Ils fonctionnent en groupuscules familiaux, avec une hiérarchie particulière qui va du chef au subalterne de terrain, à l'informaticien ou au pisteur. Ils font de parfaits espions, ils sont formés pour se fondre dans le décor et surprendre les dissidents.

Lorsque deux âmes de castes opposées se rencontrent et tombent amoureuses, ils déclenchent une catastrophe imprévue. En alimentant la haine d'une lignée inférieure, les chasseurs se retournent dès lors contre tous les types de magie qui existe, qu'elle soit bonne ou mauvaise.

Commence alors une traque qui, pour l'instant, ne connaît pas de fin. Mais un nouveau don est sur le point d'apparaître... Suffira-t-il à rétablir l'ordre cosmique de départ ?

Prologue

Audric

J'ai longtemps cru ce que je lisais dans les livres : les contes de fées étaient réels et éternels. Dans la vie, il existe et subsistera toujours le bien et le mal. La magie se rencontre sous de multiples formes dans mon monde. Et surtout dans celui de ma bien-aimée ! J'ai passé mes plus belles années avec Céleste ! Elle était si magnifique, si douce, si lumineuse, elle a été mon rayon de soleil dans les ténèbres qui m'entouraient, je me pensais à l'abri de leurs rancunes… Mais je me suis trompé, ils ont anéanti ma famille, ils ont tué ma princesse et enlevé mon fils pour l'élever dans la haine… J'ai tout perdu, jusqu'à ma liberté… Maintenant, je suis au plus profond des enfers et ma chute est sans fin !

Céleste

J'avais trouvé mon âme sœur, nous étions si heureux, si épris. De notre union incongrue est né notre fils, le plus bel homme du monde après Audric. Pendant deux mois, nous formions une magnifique famille, nous étions au firmament… Brutalement, tout s'est assombri et ils m'ont tout pris, mes amours et ma santé, ils m'ont traqué jour et nuit puis m'ont abandonnée dans cette forêt, à l'agonie. Ils m'ont souhaité les pires souffrances avant de succomber, mais ce qu'ils ne savent pas c'est qu'en m'enlevant ceux qui m'étaient les plus chers, j'étais déjà morte.

Chapitre 1

Solveig- septembre 2018 – Lycée de Bréquigny, Rennes.

Depuis toute petite, la seule chose qui a réussi à m'intéresser et à me transporter partout, c'étaient les livres. Sentir leur odeur de neuf, - ou de vieux d'ailleurs- pouvoir m'imaginer grâce aux descriptions les personnages et les différents lieux. Jamais je n'aurais cru que quelques feuilles puissent m'emballer autant et me faire voyager comme ça. C'est d'un autre côté, l'unique cadeau qui m'a systématiquement fait plaisir avec les recueils et les pièces de théâtre. Mon addiction s'est changée en rêve qui devient maintenant réalité.

J'arrive avec mes parents au lycée, j'ai opté pour cet établissement pour son pôle artistique. J'adorerais me lancer dans la littérature, la poésie et le théâtre. J'ai toujours apprécié transformer mes mots en prose, m'inventer des mondes, des personnages authentiques ou fantastiques.

Je me suis à maintes reprises prise pour les héros de mes livres, dévorés rapidement, mes proches hallucinent en voyant la vitesse à laquelle ils sont lus. Ils aiment me dire que je les ruine, moi je ne trouve pas, l'argent dépensé dans la culture est nettement plus sain que de le dilapider dans les clopes, la drogue ou l'alcool. Je suis leur unique fille et ils me protègent, souvent trop à mon goût. Ma passion me coupe un peu des âmes et du monde qui m'entoure, c'est pour ça que mes parents souhaitaient que je partage, à l'internat, une chambre avec plusieurs personnes. De ce fait, nous serons trois. J'espère qu'elles seront sympathiques et qu'elles auront des hobbies similaires aux miens ! Une fois que nous sommes garés sur le parking extérieur, je pars chercher mes clés ainsi que mes documents administratifs à l'accueil. Pendant ce temps-là, papa décharge mes valises et maman récupère les affaires que j'ai oubliées sur la banquette arrière. Je suis contente qu'ils soient là pour mon installation, c'est la première fois que je me retrouve loin de chez moi, sans eux pendant plusieurs jours… Cela peut paraître enfantin, mais je ne sais pas pourquoi ces derniers n'ont jamais voulu me laisser seule.

Au bout d'un quart d'heure d'attente, j'obtiens enfin le précieux sésame ! Je retourne vers eux le sourire aux lèvres… mais celui-ci s'évanouit vite lorsque je vois ma mère essuyer discrètement une larme.

— Papa, maman, que se passe-t-il ? Pourquoi ces larmes et cet air triste ?

— Solveig, ma chérie, nous devons partir immédiatement, ta grand-mère est tombée et nous devons la rejoindre à la clinique. Ne t'inquiète pas, c'est elle qui nous a prévenu donc certainement rien de grave. Mais nous préférons nous en assurer, nous ne pouvons pas t'accompagner plus loin ni t'aider à aménager. On t'appelle dans la soirée.

— Pas de soucis, soyez prudents sur la route et tenez-moi au courant. Embrassez-la pour moi.

Je les regarde partir avec un pincement au cœur, je me l'avoue, j'aurais apprécié qu'ils restent un peu plus longtemps avec moi. Leur présence me rassure et de les avoir auprès de moi jusqu'à mon dortoir m'aurait donné du courage. Je récupère mes bagages, inspire un grand coup et m'avance vers l'inconnu.

J'arpente les couloirs, pleine de craintes, j'espère qu'elles ne sont pas encore arrivées. J'aimerais avoir le temps de m'imprégner des lieux, j'ai toujours eu le besoin de ressentir les ondes et les vibrations de la chambre.

Me voilà devant notre local, je n'entends aucun bruit, mon souhait semble être exaucé. Je déverrouille silencieusement la porte, le soleil baigne dans la pièce, je me dirige vers la baie et l'ouvre pour profiter de l'air encore chaud. Je me tourne et absorbe l'énergie qui en émane, je discerne énormément de pulsations positives et cela me rassure. Les personnes avant nous ont vécu de bonnes choses dans cet endroit. Je choisis le lit du côté droit de la fenêtre, prends possession de l'armoire en face de ma literie pour commencer à y ranger mes effets personnels. Une fois tout plié et trié, mon couchage fait, je patiente sur celui-ci avec un livre, une belle romance fantastique.

J'aimerais pouvoir me retrouver parfois dans ces histoires : j'y rencontrerai alors l'individu qui changerait mon existence à jamais, ou un preux chevalier qui me chérirait jusqu'à la fin des temps ! Mais bon, soyons réalistes deux minutes, je ne suis pas dans un conte de fées, toutes ces choses n'apparaissent justement que dans les bouquins ! Ce serait trop beau pour être vrai !

Je suis tellement happée par mon roman que je ne remarque pas immédiatement la personne qui est entrée dans la chambre, jusqu'au moment où elle se tient aux pieds de mon lit et me dit en me saluant :

— Bonjour, je m'appelle Naïa et toi ?

Je sursaute, je me remets de mes émotions en posant mon précieux à côté de moi, et je prends le temps de la regarder : elle est magnifique, blonde, ses cheveux sont longs et ondulés. Elle a un visage rond, un teint de porcelaine et des yeux bleus en amandes. Elle doit mesurer environ un mètre soixante-dix, elle est svelte et musclée. On voit qu'elle prend soin d'elle. Je me redresse et la salue à mon tour en me présentant.

— Salut, je m'appelle Solveig, enchantée. Je suis venue ici pour étudier la littérature, et tout particulièrement la poésie et le théâtre. Et toi ?

Nous papotons pendant qu'elle range ses affaires, elle a l'air très cool. Nous constatons avec surprise et bonheur que nous sommes dans la même section, que nous aurons des cours communs, elle fait des études d'arts, car elle souhaite devenir peintre. À l'aide de son téléphone, elle me présente son travail, elle a un talent fou ! Elle est très gentille et simple, cela me rassure pour la suite, j'avais peur de tomber sur la fille super populaire, superficielle et qui adore prendre les personnes de haut.

Peu de temps après, la troisième arrive, nous l'accueillons cordialement et l'aidons à s'installer, Kalia est aussi chaleureuse que Naïa. Elle est joviale, drôle. Quand je la vois déambuler dans notre chambre avec autant d'aisance, je me dis que nous étions faites pour nous rencontrer. Elle est l'opposé de nous deux, elle est aussi brune que Naïa est blonde et moi rousse, elle a un visage arrondi avec des yeux verts, elle est bronzée, cela dénote avec notre teint pâle. Elle doit rentrer de voyage dans un pays ensoleillé, contrairement à moi.

Puisque nous avons terminé de tout ranger, nous prenons le plan de l'établissement et partons à la recherche de la cafétéria, car il est bientôt l'heure du service du soir. Il va falloir se réhabituer à manger tôt, adieu les vacances et les grasses matinées ! Nous continuons de papoter tout en marchant, nous arrivons devant le seul bâtiment où plusieurs élèves font déjà la queue, dans une ambiance légère et joviale.

Nous nous présentons au surveillant qui est à l'entrée du self, il remet à chacune d'entre nous, la carte qui nous permettra de pointer et ainsi d'obtenir notre plateau. L'odeur est alléchante, nous allons donc découvrir le menu.

— J'espère que cela va être aussi bon que cette odeur est délicieuse ! Je meurs de faim, avoue Naïa.

— J'admets que les sandwichs de ce midi sont partis loin, rigole Kalia.

— J'avalerais un bœuf tant je suis affamée, affirmé-je avec un beau sourire.

Nous éclatons de rire devant nos camarades intrigués, et nous continuons d'avancer en choisissant nos plats. Nous repérons une table près des grandes baies vitrées, nous nous installons et dévorons notre repas, tout en babillant joyeusement.

Je suis tellement heureuse de cette entente, j'ai l'impression de les connaître depuis toujours. En nous dirigeant vers la salle de bain commune de l'internat, nous constatons que nous n'avons pas emporté nos trousses de toilette avec nous. Nous nous sourions, complices, avant de repartir aussitôt vers notre chambre les récupérer. Puis, en riant sous cape, nous regagnons la direction contraire pour nous laver avant de nous coucher.

J'envoie rapidement un message à mes parents pour prendre des nouvelles de ma petite mamie qui, heureusement, s'en sort avec quelques hématomes et les rassure en leur confirmant que je suis très bien installée et que mes deux colocataires sont très sympathiques. Mon année avec les filles me plaît d'avance ! Apaisée par ma mère sur l'état de santé de ma grand-mère, nous éteignons les lumières pour être en forme pour notre première journée de cours.

Chapitre 2

Naïa - septembre 2018

Je suis arrivée hier par le bus puisque mes parents n'ont pu se libérer pour m'accompagner. Pour une fois que je peux partir loin d'eux sans avoir à entendre mille recommandations, je sautille de joie ! Ils sont adorables, mais parfois trop étouffants, ils ne se rendent pas compte que la vie, à mon âge, est pleine de surprises, de découvertes et de libertés. Je souhaite juste une chambrée bienveillante et drôle, une classe pas trop désagréable pour suivre les cours sans encombre et aussi m'épanouir dans mon art. La peinture est une partie inhérente de mon être, quasiment de mon âme. Lorsque je peins, je me sens habitée et libérée en même temps, comme si une force mystérieuse cherchait à s'exprimer à travers moi. La proximité de la forêt de Brocéliande doit sûrement accentuer mon imaginaire…

C'est en rêvassant que j'arrive devant la porte de notre chambre. Nous sommes trois jeunes filles du même âge, nous entrons toutes au lycée cette année. Je n'entends aucun bruit, je dois être la première venue. C'est avec surprise que je découvre une très jolie rousse, allongée sur sa couette, plongée dans la lecture d'un ouvrage qui semble la passionner. Je pose mes sacs près du second couchage, m'avance doucement vers le sien pour me présenter.

J'ai le temps de ranger mes vêtements et tout mon bazar en discutant avec Solveig, lorsqu'arrive enfin Kalia. Une superbe brune, enthousiaste d'entamer ses études en musique et danse, mais totalement effrayée à l'idée d'être seule loin de chez elle. Nous la rassurons vite, nous nous racontons tout un tas d'anecdotes sur nos enfances, et nous partons manger. J'ai vraiment beaucoup de chance de les avoir près de moi !

Après la douche et les appels passés à nos parents, nous avons dû éteindre puisque le couvre-feu est à vingt-deux heures. Nous nous sommes rapidement endormies.

***

Sept heures… Mais quel est donc ce bruit strident dans mes oreilles ? C'est trop tôt pour se réveiller, nous sommes en vac.... Mais non, c'est la rentrée ! Vite il faut se lever, je vais être en retard ! J'entends deux personnes rire à gorge déployée derrière moi. Je me retourne vers elles, m'aperçois qu'elles sont assises tranquillement sur leurs matelas et qu'elles se moquent gentiment de moi, car j'ai, comme souvent pensé à haute voix ! Je rigole avec elles et nous nous préparons en un temps record pour descendre au self prendre le petit déjeuner.

— Alors cette première nuit ?

— J'ai dormi comme un bébé et j'ai rêvé d'une rencontre mystérieuse, mais plaisante comme dans un roman...

— Moi j'étais avec Morphée. Mon songe m'a donné envie de peindre une inconnue rousse au centre d'une forêt... Et toi, Kalia ?

— Le mien était assez étrange. Une sensation qu'un puzzle s'assemblait au fil des jours et qu'il était encore voilé par un brouillard assez épais. Au loin, j'entendais une voix mélodieuse qui me disait d'approcher, et je n'avais pas peur, car mon cœur reconnaissait la pureté du sien.

On termine notre petit déjeuner un peu surprises par les révélations de nos subconscients. Je ne savais pas qu'on pouvait tant se ressembler sans se connaître vraiment.

La cloche nous rappelle à l'ordre et nous descendons lire les listes nous indiquant nos classes respectives. Nous sautons de joie en trouvant nos noms sur la même ! Nous allons devenir inséparables !

Nous commençons avec notre professeur de français, qui sera celui de littérature de Solveig. Il est également notre référent. Monsieur Guyon se présente à nous, nous explique le fonctionnement de l'établissement et nous distribue tout un tas de papiers à faire remplir par nos familles ainsi que nos manuels. Notre emploi du temps est plutôt bien réalisé, nos cours magistraux sont le matin et toutes les disciplines artistiques sont rassemblées sur l'après-midi. Puis nous enchaînons par nos présentations individuelles. Notre section Arts est composée de trois groupes. En effet, comme nous ne sommes pas assez nombreux pour créer une classe par spécialité, nous sommes mélangés. Solveig et une petite poignée d'élèves constituent le bloc « théâtre et littérature ». Kalia rentre dans l'unité la plus importante, environ quinze personnes, pour la formation « musique et danse ». Il ne reste que moi et neuf autres lycéens pour les « arts plastiques ». D'ailleurs, j'aperçois un grand et beau brun aux yeux verts, qui ne me laisse pas indifférente ! C'est plaisant d'avoir des cours communs et des passions différentes, nous allons échanger autour de nos talents et nous raconter plein de choses... Je suis aux anges, car cette année, le programme est le corps humain : statique et en mouvement. Je vais donc me servir de mes nouvelles copines comme modèles ! Je suis excitée et pressée de mettre en œuvre cette idée.

La matinée est passée rapidement, l'heure du midi aussi. J'assiste maintenant à ma première heure de dessin. Nous sommes tous devant un bureau individuel, avec notre matériel prêt à l'emploi. Pour ce premier projet, notre enseignante décide de nous laisser le champ libre. Puisqu'aucune réelle consigne n'est donnée, je choisis de m'exprimer avec mon médium favori, la peinture. Je vais utiliser mes pinceaux, mes doigts et peut-être des bâtonnets de coton pour affiner certaines subtilités de mon tableau. Je me souviens de notre discussion matinale et je visualise parfaitement celle que je vais représenter.

J'attrape quelques couleurs de gouache ainsi qu'une toile d'un format de cinquante centimètres de haut sur soixante-quinze de long. Je la positionne en portrait, et je ferme les yeux quelques instants. Je repense à chaque détail donné par les filles, la forêt, le mystère, le brouillard, la femme rousse... Puis je me lance et pendant les quatre heures que dure cet atelier je laisse mes mains prendre le contrôle et les arbres prennent vie, la créature magnifique aux longs cheveux ocre et raides se tient au milieu d'une clairière, on ne distingue pas tous les éléments à cause du nuage de brume qui l'entoure. Des points brillants dansent autour d'elle, comme pour la guider vers la lumière, son visage est très clair, son sourire bienveillant. L'aura, qui se dégage d'elle, est chaleureuse et magnétique, je pourrai presque la voir jaillir de mon tableau. Je ressens une étrange sensation, l'envie de la connaître, de l'entendre, mon cœur bat plus vite et ma peau me démange… La sonnerie me sort de ma transe et Mademoiselle Mervent nous demande de laisser nos travaux à nos places, afin qu'elle puisse les évaluer. Pendant que je nettoie et range mes affaires, elle s'arrête derrière moi et chuchote :

— Quel talent Naïa ! Qui as-tu représenté ? Ta mère ?

— Non, Madame, juste une personne rencontrée dans un rêve…

Je rejoins les filles dans notre chambre, encore chamboulée par cet interlude hors du temps. Je n'ai jamais éprouvé ce type de sentiment en peignant. Cela me touche plus que je ne l'aurai pensé et je décide de leur en parler lorsque nous mangerons ce soir.

Chapitre 3

Kalia, dit Birdie - Mi-septembre 2018, en route pour la chapelle des Fougerêts

Aujourd'hui, je rentre dans ma famille pour le week-end. J'attends sur le quai de la gare l'arrivée de mes parents pour me ramener dans notre maison. Même si les deux premières semaines au lycée ont été super, j'ai hâte de les retrouver. N'ayant pas l'habitude de me séparer d'eux aussi longtemps, je trépigne d'impatience. Je les repère enfin, ma mère marche vite en semblant avoir une discussion houleuse avec papa. Elle déteste être en retard, et mon père n'a sûrement pas réussi à s'organiser correctement dans son travail de façon à être ponctuel.

Mon paternel me regarde l'air de dire : aide-moi Kalia ! Ce que je fais volontiers, je les adore, mais elle est parfois trop exigeante. J'avance dans leur direction pour réduire la distance qui nous sépare.

— Pa' ! Man' ! Je suis trop contente de vous revoir, j'ai tellement de choses à vous raconter ! Et mes copines de chambrée sont géniales, on s'entend à merveille. J'ai même l'impression de les connaître depuis toujours.

— Oh, ma fille, je suis ravie pour toi, tu nous relateras tout ça dans la voiture. Mon cœur, débarrasse-la de son bagage et retournons au parking.

— Mamoune, tu sais… demander poliment c'est encore mieux ! Ne t'inquiète pas, je peux le faire. Dépose-la juste dans le coffre, s'il te plaît.

— Mais, non ma puce. Laisse-la-moi, je vais m'en charger, ça me fait plaisir.

Le voyage vers la maison se fait un brin plus calmement. Ils ont un grand cœur, pourtant au premier abord, ils font hautains, voire snobs. Mais il suffit de gratter un peu la surface pour découvrir leurs véritables personnalités.

Une fois descendue du véhicule, je monte dans ma chambre déposer ma valise. J'apporte mes affaires sales dans la buanderie, prépare et lance la machine, puis je passe me laver les mains dans la salle de bains. Je les rejoins enfin pour les aider à mettre la table et cuisiner. Me retrouver chez moi me rassure, j'apprécie cet endroit chaleureux, plein d'amour et de doux souvenirs.

Durant le repas, ils me posent d'innombrables questions sur mes premières semaines, sur mes ressentis et surtout sur mes nouvelles amies. Ils semblent sincèrement ravis pour moi, l'idée que je me lance dans des études artistiques a été compliquée au départ. Pour eux, ce milieu n'offre pas de travail sûr, il y a peu d'emplois dans le secteur et c'est souvent mal payé. L'incertitude concernant mon avenir a conduit à de multiples discussions houleuses. Il m'aura fallu beaucoup de persévérance pour leur expliquer mes décisions, mes perspectives professionnelles et les différentes éventualités que j'avais prévues en cas d'échec. À partir de ce moment-là, face à ma détermination et mon enthousiasme, ils ont validé le choix de mon lycée. En effet, en plus de la partie artistique qui est mon option principale, je continue de suivre un cursus classique, avec des disciplines telles que les mathématiques, le français, les langues…

— Alors ma chérie, comment ça se passe au niveau de tes cours ? As-tu déjà eu des contrôles de connaissances ? me demande gentiment papounet.

— En ce qui concerne les matières générales, j'ai eu quelques examens pour vérifier que nous avons tous acquis les mêmes notions. Pour ce qui est de la danse, nous devons proposer à notre enseignant un projet créé par nos soins de A à Z. Pour la musique, nous étudions l'interprétation d'une chanson. J'ai choisi « *La vie en rose* » d'Édith Piaf. Les professeurs veulent nous évaluer sur nos performances vocales et chorégraphiques, afin de se rendre compte de notre imagination et de nos possibilités.

— C'est parfait ma grande, tu crois qu'il serait envisageable de te filmer ? J'apprécierais vraiment, tout comme ton père, de pouvoir découvrir ton travail, s'enquiert-elle.

— Je vais me renseigner auprès de Madame Besnard. Et je vous enverrais un message pour vous donner sa réponse.

— Excellent, et alors tes colocataires ? À ce que j'ai pu comprendre, tu as l'air heureuse de cette rencontre, ajoute-t-il.

— Je suis ravie de les avoir avec moi, j'avais d'abord beaucoup d'appréhension. Mais dès nos premiers mots échangés, nous avons eu une connexion quasi instantanée, et toutes mes craintes se sont évanouies. J'ai le sentiment de les connaître depuis des années. C'est une sensation agréable. Notre lien s'est créé si vite, elles vont devenir mes meilleures amies, j'en suis persuadée !

Ils se regardent, intrigués, mais je ne m'en formalise pas. Je suis habituée à ce qu'ils se comprennent sans se parler, ils sont ensemble depuis si longtemps. J'adorerais vivre un amour comme le leur, il est si fort, ils sont si proches et complices. Un peu comme les couples des romans que lit Solveig. À cette idée, je souris largement et je perçois leur attention se poser sur moi, ils pensent sûrement que je suis tombée sous le charme d'un garçon !

Après la fin du dîner, nous rangeons tout et nous allons nous coucher. Demain, balade au sein de notre belle forêt de Brocéliande, profiter des températures encore clémentes pour nous ressourcer tous les trois dans le calme environnant.

Je me réveille tôt et de bonne humeur, une odeur alléchante plane dans la maison ! Maman a cuisiné des crêpes, mon péché mignon… Je me lève d'un bond, m'étire, attache mes longs cheveux en une queue de cheval rapide et je descends l'escalier quatre à quatre.

— Bonjour p'pa, m'man ! Je meurs de faim !

— Comme tous les matins, me taquine mon père, avec un clin d'œil.

Elle m'apporte un bol fumant de chocolat, dont elle seule à la recette. Il est à se damner ! Je lui envoie un baiser, qu'elle attrape en riant. Puis nous passons à table et nous nous régalons. Ensuite, une fois le ventre rempli, chacun part se préparer pour notre promenade en pleine nature. Je suis surexcitée, j'affectionne tant cet endroit, j'adore écouter le bruit des animaux, respirer à pleins poumons cet air pur…

Nous entamons notre balade tout en bavardant, je prends des photos des arbres qui commencent à se parer de jolies teintes orangées. C'est une saison que j'apprécie, car l'environnement change, la palette de nuances colorées est gigantesque. J'aime le crissement des feuilles sous mes pieds. Je m'éloigne un peu de mes parents, leur discussion semble les rendre indifférents à ce qui les entoure.

Cela fait déjà une bonne heure que nous flânons, je me sens bien, comme portée par une énergie bienfaitrice. Nous arrivons à l'orée d'une clairière, une étrange mélodie se fait entendre. Je cherche ma famille du regard et je ne les aperçois pas tout de suite, ils sont loin de moi, ils ne perçoivent pas cette musique ? Je commence à être mal, nauséeuse, et je suis prise de vertiges, ma tête tambourine, quelqu'un m'appelle au loin. J'ai des flashs, une silhouette s'approche de moi avec bienveillance, ses longs cheveux roux virevoltent autour d'elle et au moment où je pense la toucher, ma vue se brouille, des démangeaisons sur ma main apparaissent progressivement, elles deviennent très intenses et je m'évanouis…

Chapitre 4

La voix mélodieuse – forêt de Brocéliande

Je suis désespérée et seule, le vide s'installe de plus en plus profondément en moi, le flétrissement de mon cœur s'accentue au fil des années. Cela fait maintenant seize ans que je n'ai pas pu tenir dans mes bras mes précieux enfants. Je sais que je n'ai pas eu le choix, je me devais de les protéger de ces fous furieux ! Quand je repense à tout ce que j'ai perdu à cause d'eux, je perçois la rage prendre possession de tout mon être, je dois à tout prix me calmer, je crains de faire une bêtise ! Ils m'auront tout pris, mon premier amour, mon petit prince et mes trésors !

Je me laisse aller à cet instant de mélancolie, il faut que j'extériorise ma douleur au plus vite, au risque de voir la pureté de ma magie se ternir et devenir la plus horrible d'entre toutes : la Magie noire. Utilisée par les Renégats, elle est malveillante et se nourrit de toutes nos pensées négatives, de nos rancœurs, de nos blessures profondes. Alors je prends plusieurs inspirations, je souffle doucement, essuie mes yeux larmoyants et décide de sortir.

Elles me manquent tellement, je souffre de cette absence, mon cœur de maman saigne chaque jour qui passe, c'est un tourment permanent pour ma pauvre âme meurtrie, mon être s'est définitivement brisé au moment où j'ai tout perdu… Encore… Le destin s'acharne contre moi, mais je suis résolue à être plus déterminée et forte que jamais. Ils ne sont jamais très loin, je sais qu'ILS les cherchent, elles sont en péril et je vais tout faire pour les en avertir.

Je pars me ressourcer dans ma forêt que j'aime tant. Seul l'univers a la faculté d'apaiser mon chagrin, de me rendre vivante à nouveau…

J'ai besoin de respirer le subtil parfum des bois, de voir, de toucher les animaux et la végétation qui m'entoure, ma magie n'en est que plus forte lorsque je suis en phase avec elle. La Nature est maîtresse de nos capacités magiques, elle seule peut nous empêcher de commettre l'irréparable.

Une douce chaleur m'envahit à l'instant où le soleil pose délicatement ses rayons sur la peau laiteuse de mon visage. Puis une musique s'accorde avec mon palpitant, je pressens qu'un événement important est survenu, il faut que je me concentre sur mes battements cardiaques pour enfin comprendre. Elles se sont finalement retrouvées ! Elles sont aujourd'hui regroupées, je suis si heureuse ! Elles ne savent pas qu'elles sont sœurs, ni qu'elles possèdent des dons extraordinaires, et que leurs rapprochements vont bouleverser l'ordre établi depuis ma disparition.

Avec la mélodie enjouée qui m'accompagne, mes pouvoirs sont plus vibrants que d'habitude, et je me remémore soudain la phrase prononcée lors de leur éloignement : « à l'instant où elles seront de nouveau ensemble, leur vraie nature fleurira, elles apprendront la vérité et ton être entier guérira ». Mes joues se couvrent de larmes, je tremble, je suis au comble de la joie, mais en parallèle la terreur m'envahit. Je ne peux pas rester ici sans agir, malgré l'interdiction de ma famille, je dois entrer en contact avec elles…

Cette nuit, je me glisse dans leurs songes emplis de fraîcheur. Elles sont pures, douces et si puissantes. Je dois être prudente, ne pas bousculer leur équilibre, ni leur révéler leurs identités respectives. Alors je chante, dans ma si belle plaine au cœur de la forêt, je les appelle à me rejoindre dans cet endroit mystérieux, qu'elles se réveillent en gardant à l'esprit ce rêve si précis.

Je ne peux prévoir leurs réactions ni découvrir ce qu'il se déroulera quand elles se parleront. Dès lors, chaque nuit, je vais veiller sur elles, tel un fantôme qui surgit du passé.

Deux semaines se sont écoulées depuis que je suis entrée en contact avec mes précieuses princesses. Elles se sont séparées, je le sais, elles sont certainement retournées chez elles. Je décide de me délasser dans ma prison dorée, rendre visite à mes amies me procurera un merveilleux bien-être. Pour cela, je dois marcher dans la clairière des songes…

Je me fige un instant, traversée par un sentiment inconnu. Je sens une puissance qui fait vibrer ma conscience et jaillir ma magie. Je me retourne doucement pour vérifier ce qui me met dans cet état. Je laisse tomber ma veste de stupeur. Pourquoi est-elle ici ? Peut-elle deviner ma présence ? Je me précipite vers elle, je l'appelle à perdre haleine, mais je l'aperçois s'effondrer, l'ai-je blessée ?

Chapitre 5

Kalia

De retour à l'internat, j'attends mes amies avec impatience. J'aimerais leur parler de ce qu'il s'est passé, elles sauront certainement me rassurer. J'ai bien essayé d'en toucher deux mots à ma famille, mais ils se sont renfermés comme deux huîtres. Je ne comprends pas leur réaction, d'habitude on peut discuter de tout, mais là, j'ai comme l'impression qu'ils ne le veulent pas. Pour eux c'est tabou, mais pourquoi ? Ils s'énervent et partent sur un autre sujet, ils ne semblent pas saisir que j'ai besoin d'explications concernant les derniers événements. Ils ne se rendent pas compte que cela me perturbe, ce n'est quand même pas anodin !

Les filles ne tardent pas à faire leur entrée dans une joyeuse cacophonie, nous nous sommes manquées, on s'étreint, heureuses de nous retrouver. J'attends qu'elles finissent de s'installer, elles doivent sentir mon humeur, car Naïa se tourne vers moi :

— Kalia, dis-nous tout, je vois bien que quelque chose te tourmente, tu sembles empressée de nous parler.

— Oui, j'avoue, j'ai vécu un événement singulier dimanche, j'ai essayé d'en bavarder avec mes parents, mais ils changeaient de conversations, m'évitaient. J'ai vraiment besoin de faire le point avec vous et de démêler tout ça.

— Nous t'écoutons. On reprendra notre rangement tout à l'heure.

— Samedi, nous sommes allés à Brocéliande pour nous ressourcer, c'est un lieu que j'affectionne particulièrement, j'aime l'énergie qui s'en dégage. À un moment, j'ai entendu une jolie mélodie, apparemment j'étais la seule. Ils étaient en pleine discussion et ne la percevaient pas. Pourtant, plus nous nous enfoncions dans la forêt, plus elle s'intensifiait. Elle semblait guider mes pas vers un endroit précis. J'ai fini par me retrouver dans une clairière, loin d'eux, je ne sais pas comment j'y suis arrivée. Au loin, une silhouette féminine a commencé à se former, la musique devenait de plus en plus forte, puissante, mon cœur s'emballait. J'ai eu l'impression de la reconnaître, sa présence n'était pas malveillante, bien au contraire. L'aura qui émanait d'elle était chaleureuse, douce et bizarrement pleine de tendresse ! Mon palpitant a eu des loupés, la symphonie s'est transformée en bourdonnements et je me suis évanouie alors que j'étais à deux doigts de la toucher. Depuis mon réveil, je n'arrive pas à l'oublier, j'ai le sentiment qu'elle voulait me parler, qu'elle avait des choses importantes à me transmettre.

— Tu dis que tu avais l'impression de la connaître, Birdie ?

— Elle me rappelle totalement la femme de mon rêve, pourquoi Birdie ? lui dis-je en souriant.

— Parce que tu me fais penser à un petit oiseau qui sautille, comme une danseuse, lol ! Peux-tu nous la décrire ? se renseigne Solveig, redevenue sérieuse.

— Elle est belle, ses cheveux sont longs, raides et roux, son visage est rond, ses traits sont fins et délicats. Son teint évoque un peu la porcelaine et elle a de magnifiques yeux verts.

Je vois mes amies froncer les sourcils, intriguées. Je les interroge sans mot dire, et elles me répondent en même temps :

— C'est bizarre… Cela ressemble à ce que l'on a vécu lors de notre première nuit ici.

— À la fin de vos cours, venez me rejoindre à mon atelier de dessin. J'aimerais vous montrer ma peinture. Cela risque de vous surprendre.

Elles acquiescent puis nous restons silencieuses un instant, avant que Solveig ne me pose une nouvelle question.

— Pourquoi te grattes-tu la main gauche ? Tu ne t'en rends pas compte, mais tu le fais sans discontinuer depuis le début de ton récit.

— Je le sais, je n'arrive pas à m'en empêcher, c'est comme ça depuis ce week-end, c'est perturbant.

Nous regardons l'heure, il est déjà très tard et nous allons dépasser le couvre-feu si on ne s'active pas à préparer nos affaires pour notre journée de demain. Nous nous dispersons devant nos placards et partons nous apprêter pour dormir, lorsque les pas de notre surveillante se font entendre dans le couloir. Il était temps, nous échappons à une remontrance !

Nous éteignons nos lumières, nous souhaitant une bonne nuit. Peut-être que nos rêves nous en révèleront plus ?

Chapitre 6

Solveig

Je m'interroge face aux explications de Kalia, que se passe-t-il dans nos vies actuellement ? Je suis certes passionnée par la lecture, je me croirais presque dans une de mes fictions où de simples jeunes demoiselles voient leurs univers chamboulé par l'apparition d'un être mystique ! À cette pensée je ris intérieurement. Ce n'est pas le moment de faire n'importe quoi, tout le monde ronfle, je risque de réveiller les copines et de m'attirer les foudres de la surveillante. Je me retourne une énième fois dans mon lit, puis je finis par m'endormir.

Je suis installée sur une couverture moelleuse et douce, je suis allongée au soleil, un bon livre entre les mains. Je suis prête à passer un excellent après-midi dans cet endroit paisible, je suis tranquille pour dévorer cette nouvelle aventure. Les oiseaux sifflent et voltigent autour de moi, c'est apaisant. J'aime la nature, les animaux et les bouquins qui me font voyager sans quitter ma chambre. Je l'ouvre avec précaution, commence à lire les premières pages lorsque j'entends une agréable mélodie. Celle-ci est douce, chantante et ne me paraît pas inconnue. C'est étonnant puisque je n'ai pas allumé mon téléphone, pour pouvoir parcourir la fabuleuse histoire contée par mon auteur favori. Je finis par faire abstraction de ce chant et retourne avec mes héros.

Puis la symphonie se fait plus présente, plus forte, mais aussi plus pressante, comme un appel auquel il faudrait absolument répondre. Je clos doucement mon ouvrage et je m'abandonne à celle-ci. Je ferme les paupières pour qu'elle pénètre au plus profond de mon être. Je sens mon palpitant se calquer sur cet air entraînant, une agréable chaleur s'approche de moi, m'entoure et m'enveloppe. Perturbée, j'ouvre les yeux et je découvre cette magnifique inconnue aux cheveux flamboyants, qui nous hante chaque nuit depuis notre arrivée ici, au lycée.

Elle me sourit, tandis que je distingue parfaitement ses beaux iris verts, je vois l'amour et la tendresse dans son regard, elle me parle, mais je ne comprends pas ce qu'elle me dit. Cela semble la chagriner, sans que j'en saisisse la raison. Elle lève doucement sa main et agrippe la mienne, je sens juste une caresse, un petit courant d'air sur ma peau. Elle apaise mon angoisse par ce geste, je la fixe maintenant sans crainte. Je m'attarde sur la courbure de ses lèvres desquelles s'échappe cet air harmonieux, qui résonne encore à mes oreilles. Des perles d'eau salée pointent à la commissure de ses superbes billes émeraude, mon cœur se serre, je veux la toucher à mon tour, mais elle s'envole et s'éclipse dans un brouillard tel un fantôme… La musique évolue brusquement et se transforme en bruit strident et agressif au point qu'elle pourrait faire éclater mes tympans ! J'ouvre péniblement les yeux et je vois Naïa et Kalia s'étirer dans leurs lits.

C'était donc un simple rêve…

Je sens pourtant encore l'effleurement de sa paume sur la mienne ! Suis-je en train de devenir folle ?

— Bah alors, Honey, tu ne veux pas prendre ton petit déjeuner ce matin ? me lance joyeusement Naïa.

— Si, si j'arrive… Je suis toujours dans le brouillard, j'ai besoin de quelques minutes s'il te plaît ! … Euh Honey ?

Elles éclatent de rire de concert, puis Naïa me répond

— D'accord, mais ne traîne pas trop sinon Alexandrine risque de se fâcher si tu n'es pas prête dans dix minutes. Oui Honey, car je trouve que ce surnom te va bien, tes cheveux ont la couleur du miel… Et j'adore ça !

À ces mots, je me lève, n'ayant pas envie d'entendre les réprimandes de cette grincheuse, ce qui fait rire mes deux amies. Je me prépare rapidement, je brosse mes longues boucles rousses, avant de les attacher en une haute queue de cheval. Me voici parée à descendre au self.

Nous sommes dans la file, devant le buffet. Aujourd'hui, nous avons droit à des viennoiseries, du pain, du porridge et des céréales. Un vrai choix cornélien quand on est gourmande comme moi ! Je finis de remplir mon plateau sous l'œil amusé de mes camarades de chambre. Nous nous posons à notre table habituelle, laissons le silence nous entourer avant de lancer la discussion.

— J'ai fait un songe étrange cette nuit, révélé-je à mes comparses.

Elles se figent et me regardent fixement, attendant que je me décide à ouvrir la bouche.

— J'étais tranquillement installée sur l'herbe, couchée sur un plaid pour lire lorsque j'ai entendu une chanson. Elle était limite imperceptible tant le son était faible. Je ne me suis pas attardée sur celle-ci pour retourner à mon récit. Tout à coup, elle est devenue plus intense, comme une invitation. Je me suis donc concentrée dessus et j'ai eu la sensation d'être entourée par une aura réconfortante. Puis j'ai ouvert les yeux, j'ai découvert un très bel ange aux cheveux auburn et aux iris verts. Elle m'a dit quelque chose, mais je n'ai rien pigé ! Cela l'a peinée. Elle m'a alors frôlée juste ici, je sens encore ses doigts, raconté-je en leur montrant l'espace entre l'index et le poignet.

— Ensuite ? Que s'est-il passé ? me presse Kalia.

— J'ai voulu la toucher à mon tour, pour essuyer ses larmes, et elle a disparu....

Notre repas se termine et nous devons bientôt nous rendre en classe. Lorsqu'on se sépare, Naïa nous rappelle ne pas oublier de la rejoindre à son atelier de dessin. Nous acquiesçons dans un hochement de tête et nous dirigeons vers nos enseignements respectifs. La journée passe vite, nous répétons plusieurs morceaux de pièces de théâtre pour déterminer celle que nous sélectionnerons pour le spectacle de fin d'année. Nous avons comme option : *Les fourberies de Scapin* de Molière, *La colonie* de Marivaux ou *Phèdre* de Racine. Je n'aime pas les tragédies alors j'espère vivement que *Phèdre* ne sera pas le choix définitif !

Kalia enchaîne les pas de danse, du classique au modern jazz, du rock aussi avec Maël. Cela leur permet d'apprendre à se connaître et les profs font ainsi des groupes de travail par niveau.

À la fin de nos cours, nous nous retrouvons avec Kalia, nous sommes fatiguées par l'intensité de nos répétitions ! Nous nous dépêchons de rejoindre Naïa dans sa salle d'arts plastiques. À notre arrivée, elle nous interpelle pour nous faire entrer. Nous saluons son professeur et nous nous approchons de son tableau. Nous nous regardons bouche bée, totalement surprises par son œuvre. Cette personne, nous la connaissons toutes les trois : c'est celle qui vient dans nos songes ! Cette découverte nous perturbe, nous repartons avec le portrait vers notre chambre.

Nous passons notre porte, puis nous posons le tableau sur le lit de Naïa et nous le scrutons toutes les trois comme si elle allait en sortir… Nous ne savons pas quoi dire ni faire devant cette image. Qui est-elle ? Que nous veut-elle ? Pourquoi nous ? Des tas de questions traversent nos têtes, nous laissant songeuses. Kalia brise le silence en premier.

— Ta peinture est magnifique Sweetie, tu as parfaitement dessiné celle que j'ai vue à la clairière…

— C'est elle qui m'a touchée cette nuit, murmuré-je.

— Nous devons réussir à percer ce mystère, il faut que nous nous rendions ensemble à l'endroit où Kalia l'a rencontrée… Bah pourquoi Sweetie ? Je ne suis pas un bonbon !

— Non pas un bonbon, mais dans le sens « chérie » m'esclaffé-je.

Fortes de cette idée, nous discutons de nos prochaines vacances, et surtout du plan à mettre en place pour que nos parents nous autorisent à y aller... Nous n'avons plus que quelques jours pour tout organiser...

Chapitre 7

Naïa, début des vacances de la Toussaint

Aujourd'hui, c'est le grand départ ! Une fois à la gare, j'attends avec impatience mon train pour retrouver Solveig qui est déjà dans celui-ci. Nous allons enfin découvrir cette fameuse clairière, vérifier si elle correspond à celle de nos rêves, si nous allons voir cette inconnue, et le cas échéant, ce qu'elle peut bien nous révéler de plus.

Nous sommes folles de joie, Solveig et moi nous dirigeons chez Kalia pour quelques jours. Je me rappelle encore l'instant où je leur en ai fait la demande. Mes parents se sont regardés avec appréhension, il m'a fallu parlementer un très long moment avant de réussir à les persuader de m'autoriser à y aller, alors qu'étonnamment j'aurais pensé qu'ils se laisseraient convaincre facilement. Ils avaient l'air heureux d'apprendre que j'avais lié des relations assez fortes envers mes camarades de chambrée. Nous avons utilisé la fameuse excuse du devoir commun, et contre toute attente c'est cela qui a fonctionné. Et nous ne regrettons pas d'avoir omis certaines choses…

Le trajet se fait dans la joie et la bonne humeur, nous ne le voyons pas passer et c'est déjà le temps pour nous de sortir de notre wagon avec nos valises. Kalia attend patiemment que Solveig et moi descendions la rejoindre. J'ai l'impression que cela fait une éternité que l'on s'est quittées, alors que cela ne fait que quelques jours.

La rencontre avec sa famille reste conviviale, bien qu'un peu distante. Nous ne nous formalisons pas, et profitons de nos retrouvailles en parlant de ces derniers jours. Nous avons le droit à une visite guidée de leur logement, il est très spacieux et décoré avec goût. La cuisine est ouverte sur la salle à manger et le salon, cela donne à la pièce un effet de grandeur. Elle est très chaleureuse avec ses nuances de blanc. Les meubles sont tous faits dans du bois clair et des tas de photos égaient la demeure. Nous empruntons les escaliers et nous dirigeons vers la chambre de Kalia. Celle-ci est immense et en ce lieu trône un lit de deux places, adossé à un mur violet, les autres sont immaculés. Des posters de stars et des clichés de nous, pris ces derniers temps, sont accrochés et donnent une âme à cette pièce. Nous gonflons joyeusement nos matelas. Nous avons décidé d'un commun accord de partir tôt.

— Je suis désolée, d'habitude ils sont plus accueillants. Je ne les suis plus en ce moment. Je suis vraiment déçue, ils étaient pourtant si contents de vous connaître enfin.

— Ne t'inquiète pas, nous n'allons pas nous offusquer pour ça, le principal c'est que l'on puisse découvrir tout ce qu'il se passe, répond Solveig.

— Merci, je vais avoir une discussion avec eux après votre départ. Je tiens à leur faire comprendre que leur comportement est irrespectueux.

— J'ai les mêmes problèmes avec les miens, j'ai l'impression d'être surveillée et quand j'aborde le sujet, je sens leur gêne, ils me cachent quelque chose c'est certain ! rajoute Solveig.

— Ne t'embrouilles surtout pas avec eux, il faut leur laisser le temps d'apprendre à nous apprécier, rassuré-je Kalia. Je ressens exactement les choses comme vous, il sera nécessaire de percer l'abcès à un moment donné… Allez, éteignons les lumières, demain un grand jour nous attend.

Je cogite plusieurs minutes avant de m'endormir : pourquoi tous ces non-dits ? Cette soudaine surveillance ? Que nous cachent-ils ? D'habitude si complice avec les miens, j'ai l'impression que cette histoire nous éloigne, cela me peine, même s'ils ne le font pas de façon consciente, ça me touche vraiment. J'espère qu'en enquêtant, nous aurons le fin mot de cette énigme, et que nous pourrons reprendre le cours de notre vie d'avant. Ce qui nous étonne le plus toutes les trois, et qui nous intrigue, c'est le fait que nos rêves soient tous liés. À part notre amitié, rien ne nous unit. Je finis par sombrer, épuisée de ne trouver aucune réponse.

La nuit s'est passée à merveille, sans aucun songe perturbateur, nous préparons avec hâte nos affaires et notre pique-nique, afin de profiter de la journée pour nos recherches. J'espère que ce premier jour sera concluant. Nos petits-déj' avalés nous enfourchons les vélos prêtés par Laurent et Laure. Après une demi-heure de route pour arriver dans la forêt de Brocéliande, nous déposons nos bicyclettes à l'emplacement prévu, sans oublier de les cadenasser de façon à les retrouver après notre périple.

Nous entrons enfin dans la forêt et en prenons plein les yeux en découvrant quelques vestiges qui nous entourent. Ce lieu fait rêver de nombreuses personnes et c'est un endroit que tout le monde souhaite visiter grâce aux légendes du Roi Arthur. Nous remarquons d'abord au loin le château de Comper, puis après quelques kilomètres nous apercevons la fontaine aux bulles puis la fontaine de jouvence. Nous avons beaucoup marché ce matin, nos jambes nous rappellent à l'ordre, une petite pause s'impose. Nous nous assoyons à une table et savourons nos sandwichs accompagnés de grandes gorgées d'eau. Nous reprenons ensuite notre randonnée, nous craignons de ne pas réussir à atteindre notre but et devoir repartir avant la nuit.

À l'instant où nous allions rebrousser chemin, une mélodie se fait entendre. Nous nous dévisageons, ahuries. Le signe que nous attendions est enfin là, et surtout, nous discernons parfaitement, toutes les trois, ce son qui n'a pas quitté nos songes. Plus nous avançons dans les sous-bois, plus elle devient perceptible. Cherche-t-elle à nous guider, comme auparavant pour Kalia ?

Nous sommes au bord de cette plaine colonisée par des fleurs multicolores, nous voyons une forme se dessiner et évoluer plus nettement au fur et à mesure de nos pas. C'est l'inconnue du tableau, elle est debout face à nous, ses yeux sont baignés de larmes. Elle a l'air émue par notre présence, mais pourquoi ? Malgré cette sensation au fond de mon être, je suis persuadée de ne l'avoir jamais rencontrée, en dehors des derniers événements. Elle arrive à notre hauteur, elle est magnifique, elle essaie de nous parler, mais nous ne percevons pas le son de sa voix, juste cette agréable harmonie. Alors, elle tend doucement sa main vers nous pour nous effleurer. Une chaleur réconfortante se déverse dans tout mon corps, j'ai l'impression de reconnaître son toucher, mais c'est impossible. Des frissons traversent ma chair, mon âme. Ma vue se trouble et elle s'estompe dans un épais brouillard, des bourdonnements remplacent cette chanson et tout devient blanc. Mes jambes sont lourdes et je m'écroule à ses pieds ainsi qu'aux côtés de Kalia et Solveig.

Je ne sais pas depuis combien de temps nous sommes évanouies dans l'herbe. Mais le jour décline peu à peu, et cette femme mystérieuse a disparu. J'éprouve une sensation étrange entre mon pouce et mon index, comme des picotements et des fourmillements. Je m'assois calmement, je me tourne vers les filles, et je constate qu'elles font pareil que moi : elles se grattent au même endroit.

Il nous faut un certain moment pour nous remettre de nos émotions. Elles ont été trop intenses d'un seul coup et notre corps ne l'a pas supporté. Nous n'osons même pas nous parler, de peur que tout ce qu'il s'est passé ne soit le fruit de notre imagination. Nous ne voulons pas casser notre bulle, nous reprenons le chemin inverse en nous hâtant. Nous avons encore un peu de route avant de retrouver nos vélos et repartir chez Kalia. Nous en bavarderons calmement une fois que nous serons couchées.

Arrivées chez nos hôtes, nous nous composons un visage neutre pour ne pas les alerter sur notre état émotionnel. Mais à peine franchi le seuil de la porte, Laure vient à notre rencontre :

— Alors, qu'avez-vous fait de votre journée ?

Kalia demeure évasive dans sa réponse.

— Nous avons commencé notre devoir commun, nous sommes d'accord sur ce que nous souhaitons faire, et sur le plan à suivre. Nous allons nous doucher, puis nous t'aiderons à cuisiner si tu veux.

— Prenez votre temps, le repas est déjà en train de cuire, il ne vous reste plus qu'à dresser le couvert, nous sourit Laure.

Nous montons nous préparer, puis donnons un coup de main. Quand Laurent arrive enfin, nous passons à table, mais nous ne traînons pas, nous sommes épuisées et nous devons discuter de nos dernières mésaventures…

Chapitre 8

Audric

Cela va bientôt faire dix-huit ans que je n'ai pas vu ma princesse, malgré tous les sévices, les agressions et les pressions que j'ai subies, je n'ai jamais pu l'oublier. Je ne me suis jamais remis de la perte douloureuse de celle que je considère comme étant mon seul et unique amour. Quand je pense qu'elle est morte à cause de moi, de ma famille et de leurs préjugés. Je ne comprendrais jamais ce qui les a poussés à commettre l'irréparable… Je frappe le mur avec mon poing, pour évacuer ma rancœur. Je les hais, un jour je réussirais à la venger, je ne songe plus qu'à ça ! Pourquoi vouloir anéantir mon bonheur, n'avais-je pas le droit d'être comblé ? Même si elle ne faisait pas partie de notre faction, elle y avait sa place ! Je serre les dents dans ma cellule faite de roches et d'acier.

Je fais les cent pas dans mon antre, inhospitalière et froide, je ne suis plus libre de mes mouvements, je ne suis plus qu'un esclave parmi eux. J'ai été rejeté puis enfermé, car j'ai trahi les miens et le serment que mes géniteurs avaient pris auprès de ceux de Malaury. Je ne l'ai jamais appréciée, elle est particulièrement méchante, avide de pouvoir, de richesses et surtout, elle ne supporte pas qu'on lui désobéisse… Comment ont-ils cru que je pourrais la chérir ? Moi qui suis tout le contraire !

Ce qui est le plus ironique dans cette histoire, c'est qu'ils ont été châtiés aussi ! Même s'ils ont anéanti ma relation avec ma dulcinée et arrangé les choses avec la fortunée famille de Malaury, elle a réussi à les faire partir du domaine pour expier leurs fautes ! Ils sont ainsi sur la route pour recruter et former de jeunes chasseurs, sans autorisation de retour ici, chez eux… Ils ont compris trop tard la folie de Malaury, ils ne savent rien de ce qui se passe en ce moment. Ils ne seraient pas d'accord avec sa gestion basée sur la peur, eux qui n'étaient que bonté et douceur avec leurs troupes ! Ils étaient durs avec moi, ils voulaient que je cède à tous leurs désirs, mon union avec cette folle était prévue depuis longtemps, je les avais obstinément affrontés, mais ils n'ont pas abandonné ce projet…

Je m'assois sur une chaise et pose mes coudes sur mes genoux, baisse la tête et me cache dans mes mains, pour étouffer mes sanglots. Si je me fais surprendre en cet instant, je risque fort de subir de nouveaux mauvais traitements de la part de ma chère épouse… Oui, épouse ! J'ai envie de vomir rien qu'en employant ce terme ! Ma déesse devait être ma femme, la seule et unique, nous étions si heureux ensemble.

En plus, elle m'a accordé le plus beau de tous les cadeaux : elle m'a donné un héritier, un magnifique petit garçon qui aura bientôt dix-huit ans. Lorsque je l'aperçois au loin, je ne peux m'empêcher de voir sa mère, il a son charme, sa prestance et des billes vertes si semblables aux siens. Il a ma carrure, il est aussi brun que moi, très musclé et très grand. Avec son sourire ravageur, il pourrait subjuguer toutes les filles des environs ! Mais son cœur est entouré de pierres, élevé et maltraité par cette furie puisqu'il est considéré comme le bâtard de la fratrie, éloigné de force de mon affection, il s'est peu à peu muré dans le silence.

J'ai mal de le voir si triste, je sais qu'il ne connaît pas l'origine de ses tourments puisque je n'ai jamais pu tout lui avouer. Malheureusement, il ne peut se permettre le moindre signe d'attachement à mon égard en public. Il veille à masquer toute forme de sentiment, je reste persuadé qu'il ne me hait pas pour autant, sa bonté irradie de lui lorsqu'on se regarde. Certaines choses me font penser qu'il se préoccupe de mon bien-être, quand je retrouve de la nourriture ou parfois des médicaments dissimulés ici.

Je pleure de plus belle, ma gorge se noue, j'ai une furieuse envie de hurler ma colère, ma rage bouillonne dans mes veines. Il faut absolument que je me calme, mais je me sens si seul dans cette prison ! Je souhaiterais tellement la rejoindre, là-haut, dans les cieux pour ne plus avoir à endurer tout ça ! Je voudrais retrouver notre cocon de tendresse et de douceur que nous avions construit autour de lui. J'apprécierais tant prouver à mes enfants que je peux être un bon père, que je les adore...

Je ferme les paupières, des flashs de mon passé me reviennent...

Je suis dans le canapé, lorsque ma chérie entre dans la pièce avec notre petit prince dans les bras. Cette image rend les battements de mon cœur plus forts, je les aime tant ! Il s'agite et fait entendre sa voix délicate, je pense qu'il a faim notre ange. Elle s'assoit près de moi, m'embrasse tendrement, puis s'installe confortablement pour le nourrir. Ses grands yeux vert foncé brillent de plaisir quand il se repait enfin du lait de sa maman. Je passe mon bras au-dessus de ses épaules et attrape la main d'Angus, qui referme son minuscule poing autour de mon doigt. Je fonds devant ce tableau, je suis fier d'avoir construit ma propre famille et obtenu ma liberté.

Nous sommes maintenant dehors, entourés par des individus armés, Céleste est maintenue loin de moi par deux hommes de fortes corpulences, elle pleure, crie mon prénom de toutes ses forces. Le diable incarné s'approche d'elle, la gifle avec toute la haine qu'il ressent, en riant. Il lui arrache notre fils, se retourne vers moi et me regarde triomphant.

— *Tu as cru pouvoir vivre ton existence loin de nous et protéger cette abomination ? Tu as osé lui faire un môme illégitime, tu vas vite le regretter ! On n'échappe ni aux siens ni à sa destinée, tu devrais le savoir mieux que personne ! Tu déshonores notre nom et tu vas en payer le prix...*

— *Père, s'il vous plaît, épargnez-les et faites de moi ce que vous voulez... gémis-je.*

— *Et pourquoi accèderais-je à ta demande ? riposte-t-il.*

— *Ils n'y sont pour rien, ils sont innocents, pleuré-je.*

Il se retourne à ce moment-là vers ma précieuse bien-aimée, toujours agenouillée et maintenue par ses deux hommes de main, et leur ordonne alors :

— *Tuez-la qu'on en finisse !*

J'essaie de me défaire de mes bourreaux, j'insiste et j'arrive à me libérer de leur poigne, je me précipite donc vers ma belle pour empêcher cette infamie. Je hurle à en perdre ma voix, je n'aperçois pas un garde, il en profite pour se jeter sur moi et me plaquer énergiquement au sol. C'est à cet instant précis que j'entends deux coups de feu, je cherche à me redresser lorsqu'un violent choc m'atteint à l'arrière de mon crâne et je m'effondre à mon tour sous l'intensité de la douleur…

Cela fait maintenant un an que je suis revenu dans mon clan, j'ai été obligé de me marier avec Malaury après avoir été tabassé à mort par mon paternel et ses dévoués chasseurs. Le jour de la cérémonie officielle, j'avais une arme sur la tempe et un couteau était placé sous la gorge de mon précieux bébé. Je ne pouvais rien accomplir sur le moment, il fallait que je garde l'esprit vif pour tenter quelque chose plus tard.

D'autres souvenirs cauchemardesques se succèdent, je revis tout intensément.

Ma compagne exulte devant ma terreur, elle me gifle et me cogne plusieurs fois en présence de l'assemblée. Ses pupilles sont furieuses, emplies de haine à mon égard et elle va me faire payer ce qu'elle appelle ma trahison…

Malaury est nue au-dessus de moi, je le suis aussi, je ne suis pas dans mon état normal, quelque chose cloche, je me sens vaseux. Elle me chevauche pour consommer notre union, elle me griffe, me frappe et me brise à chacun de ses gémissements. Lorsque je sombre en criant le prénom de Céleste, elle m'attrape par les cheveux :

— C'est moi ta conjointe maintenant, et jamais plus tu ne seras autorisé à t'échapper d'ici ! Tu feras tout ce que je t'ordonne ! Alors je reviendrais te posséder tous les soirs jusqu'à ce que tu me fasses des enfants, pour anéantir ton bâtard et te tuer à petit feu....

Je crie devant tant d'horreur, je lis la folie dans ses iris, je sanglote....

Je sors de mes réflexions en sursaut, essuie rapidement mes larmes, me redresse à vive allure et rencontre le regard maléfique de Malaury.

Je sens de drôles de vibrations autour de moi, comme des picotements qui me sont familiers. Une douce magie s'éveille, les combattants de ma faction semblent agiter, ils ressentent qu'un événement est sur le point de se produire, mais lequel ?

La vipère me fixe avec intensité, elle sait que je pense toujours à ma duchesse et ne m'en déteste que davantage. Elle finit par tourner les talons en lançant des ordres à tous ceux qu'elle croise. Que prépare-t-elle encore ?

Chapitre 9

Kalia – vacances entre filles – La chapelle des Fougerêts

Je suis encore toute chamboulée par les derniers événements, je pensais être la seule à l'entendre, et avoir aperçu cette magnifique femme rousse, mais Naïa et Solveig l'ont également vu de leurs propres yeux ! Elles aussi ont perçu la mélodie étrange et mystérieuse, celle qui nous envoûte et nous bouleverse. Une ritournelle que j'ai l'impression de connaître, qui résonne au plus profond de mon être. C'est exactement le même être qui peuple nos songes, ainsi que la même clairière et nous étions toutes les trois. Qu'est-ce que cela signifie ? La dame nous a émues, touchées, bouleversées. La découvrir si proche, percevoir sa main sur mon épiderme a provoqué un tas de sensations diffuses sur mon corps, qui sont apparues juste après ce moment si intense.

Une fois le repas avalé, la vaisselle nettoyée et rangée, nous grimpons quatre à quatre l'escalier pour rejoindre ma chambre. Pendant le trajet retour, nous étions tellement secouées par tout ça, que nous avons préféré garder le silence afin de tout nous remémorer et nous remettre de cette expérience hors du commun.

Assises sur mon lit avec Naïa, nous trouvons enfin des mots à poser sur nos émotions. Solveig s'est installée sur un des matelas, juste en face de nous, pour faciliter la conversation.

— Comment allez-vous ? nous questionne Solveig.

— Je ne sais vraiment pas quoi te répondre, à part que je suis vidée de toute énergie.

— Exactement comme toi, Kalia et je suis encore sur le cul après ce qu'il s'est passé.

— Pourquoi ne pas regarder un film, puis dormir afin d'en discuter demain à tête reposée ? nous suggère Solveig.

— Oui, c'est une excellente idée, dis-je simultanément avec Naïa. Tu as quoi à nous proposer ?

— Une petite comédie, ça vous dit ? J'ai Sister Act si vous voulez !

— Oh oui ! répondent-elles en chœur.

Rien de mieux que Whoopi Goldberg pour ne plus penser à tous ces événements.

Après une bonne nuit réparatrice et un petit déjeuner copieux que maman a eu la gentillesse de nous concocter, nous décidons d'aller au parc situé près de chez moi afin de pouvoir échanger, sans oreilles indiscrètes, de notre visite à la forêt de Brocéliande.

Une fois là-bas, nous nous dirigeons vers les balançoires et prenons place sur celles-ci. Ça nous rappelle nos moments d'insouciance et nous permet de relativiser.

Je me lance la première, car je vois qu'elles ne savent pas comment aborder le sujet.

— Vous vous êtes remises ? L'avez-vous rencontrée de nouveau durant votre sommeil ?

— Oui, j'ai bien dormi, ça m'a fait du bien. J'ai rêvé, mais rien concernant notre expérience d'hier, rien qui pourrait nous donner une piste, me répond Naïa.

— Pareil pour moi, mais je ne conçois pas qu'il y ait que nous qui puissions l'apercevoir et l'entendre ! s'étonne Solveig.

— Pour tout t'avouer, je ne sais pas. Je suis comme toi, je n'arrive pas à expliquer ces apparitions et ce son. Elle a essayé de nous parler, c'est l'impression que j'ai eue, mais ses mots étaient inintelligibles. Naïa, as-tu perçu autre chose ?

— Non, j'ai exactement les mêmes questionnements que vous, pourquoi nous ? Et comment elle fait ça ?

— Oui, je comprends ce que tu veux dire. Il va falloir que l'on fasse plus de recherches. Peut-être tirer parti de notre dernière semaine de vacances pour aller voir sur internet, à la bibliothèque ?

J'approuve d'un hochement de tête la proposition de Solveig, nous profitons encore un peu des balançoires et des jeux mis à disposition pour penser à autre chose et retournons chez p'pa et m'man pour les aider à préparer le repas. Cet après-midi nous avons décidé d'avancer un minimum sur nos leçons. En nous épaulant mutuellement, avec les cours qui nous posent légèrement plus de problèmes, nous travaillons mieux.

La journée s'est écoulée à une vitesse folle, nous allons déjà nous laver et nous mettre en pyjama pour le coucher et les filles finissent de ranger leurs valises pour leur départ demain. Pourquoi faut-il toujours que les excellents moments défilent aussi rapidement ? Nous allons profiter de cette dernière soirée ensemble pour nous conter notre enfance et nos meilleurs souvenirs. Nous avons besoin de cet instant sentimental et léger pour passer une nuit moins troublée.

Les déposer à leur train me laisse une drôle de sensation. Une impression de vide, comme si j'étais incomplète et que leur présence m'était indispensable. Je respire un bon coup, maintenant il faut que je gère l'affaire Laure et Laurent. Aurais-je une explication sur le comportement qu'ils ont eu envers mes amies ? J'ai le sentiment d'intervertir les rôles : que c'est moi l'adulte et eux les enfants ! Mais je vais attendre d'être à la maison pour passer au sujet qui fâche. Une fois la voiture garée et mes parents installés dans le canapé, je me jette à l'eau :

— Puis-je avoir une petite conversation avec vous ?

— Oui ma puce ? Que veux-tu nous demander ? me questionne papa.

— Pouvez-vous me dire ce qui ne va pas ? Depuis votre rencontre avec Solveig et Naïa, vous avez un comportement étrange. Vous avez été distants, n'avez même pas cherché à discuter avec elles pour apprendre à mieux les apprécier.

Ils se tournent et se regardent, je vois leur gêne et une drôle de lueur dans leurs yeux. Ils semblent inquiets. Maman prend la parole :

— Pas du tout, tu te fais des films, nous étions seulement tracassés par des problèmes personnels, nous n'avons pas réalisé que vous nous aviez perçus comme ça. Pardonne-nous, et la prochaine fois qu'elles viendront à la maison, nous leur présenterons nos excuses.

D'un signe de tête, j'acquiesce à ce mensonge. Je suis certaine qu'ils me dissimulent un secret important, et qu'ils ne souhaitent pas que j'en prenne connaissance. Avec un sourire je les laisse imaginer qu'ils ont emporté la bataille, mais je vais découvrir le fin mot de cette histoire, foi de Kalia !

Chapitre 10

Solveig – Lycée de Bréquigny

Les vacances sont déjà finies ! Je suis contente de retrouver les filles, seulement je ne suis pas prête à me lever de bonne heure tous les matins ! J'avoue, ça fait un peu paresseux, mais je n'y peux rien si je suis une marmotte ! Me voilà devant la porte de notre chambre, et j'y entends les rires de Kalia et de Naïa, ce qui me donne un franc sourire. Je les aime tellement, même si je ne sais pas pourquoi elles éveillent cette émotion en moi. En effet, je ne les connais pas depuis si longtemps. Un sentiment protecteur est né à leur égard, comme si nous étions liées par quelque chose. Mais par quoi ?

Au moment où je me décide enfin à entrer, je sens ma main gauche picoter fortement et je m'aperçois qu'elles se grattent exactement au même endroit. De surprise, j'en lâche mon sac, et elles sursautent de concert.

J'éclate de rire face à leurs mimiques et nous nous sautons dans les bras, heureuses d'être de nouveau réunies. Je récupère mes affaires et je range tout avant de risquer d'être rappelée à l'ordre par Alexandrine. Une fois l'aménagement terminé et mon lit faits, nous nous installons toutes les trois pour converser calmement de nos dernières péripéties.

— J'ai discuté avec mes parents après votre départ, commence Kalia.

— Qu'ont-ils dit ? demandé-je.

— Ils avaient soi-disant des problèmes personnels, ce que je ne crois pas un seul instant, au vu des regards qu'ils ont échangés lors de cette conversation… Je suis persuadée qu'ils me cachent quelque chose d'important, et je veux savoir ce que c'est ! s'énerve-t-elle.

Naïa pose lentement sa paume sur la sienne pour l'apaiser du mieux qu'elle le puisse. Cela nous déclenche immédiatement des démangeaisons intenses, que nous frottons au maximum, une plaque rougeâtre apparaît à ce moment-là pianissimo.

Stupéfaites, nous nous écartons les unes des autres, cette auréole s'atténue donc un minimum, même si on la distingue encore. Nous nous scrutons, effarées et un peu apeurées malgré tout. C'est alors que la sonnerie nous rappelle à l'ordre, nous devons nous rendre aux sanitaires avant de rejoindre le réfectoire. La routine de l'internat se remet progressivement en marche, Alex' surveille d'un regard sévère que nous obéissons !

Toujours aussi désagréable à ce que je vois, pensé-je.

Enfin propres, nous descendons prendre notre repas, retrouvons notre table favorite et discutons de nos activités respectives, après notre séjour chez Kalia. Nous n'abordons pas le sujet qui nous préoccupe, il y a trop de monde autour de nous, nous ne voulons pas que quelqu'un nous entende.

Nous débarrassons nos plateaux, remontons dans notre chambrée, et nous retournons à nos places sur nos matelas, afin de redémarrer notre conversation, là où l'on s'était arrêtées.

— Cela vous grattouille souvent à cet endroit ? demandé-je en regardant ma peau.

— Oui, me répondent-elles en chœur.

— Vous ne trouvez pas ça étrange ?

— Cela a commencé pile après mon évanouissement à la clairière, nous rappelle Kalia.

— Et moi, juste après notre visite à Brocéliande…

— Tout comme moi, dis-je en fronçant les sourcils, ça me perturbe…

Nous restons silencieuses un court instant, Kalia reprend la parole à voix basse,

— Cela sous-entend que nous avons un point commun, mais j'ai beau me creuser la tête, je ne vois pas lequel. Nos familles ne sont pas liées, nous n'habitons pas au même endroit...

— Les seuls phénomènes qui nous concernent, toutes les trois, sont l'apparition de cette inconnue et cette mélodie que nous percevons.

— Il faut absolument trouver des réponses à ces questions, nous sommes enveloppées par des secrets qui nous dépassent, je n'aime pas ça, murmure Naïa.

Toutes ces similitudes dans nos songes, sur l'impression de mystère qui nous entoure, tout cela devient oppressant. Je ne sais pas si nous allons dénicher quelque chose, mais nous devons y réfléchir sérieusement afin de découvrir le fin mot de l'histoire.

Il est maintenant l'heure d'éteindre, nous nous serrons dans nos bras, un peu inquiètes de la nuit qui arrive.

Lorsque le réveil sonne, je suis ravie de constater qu'aucun rêve étrange n'est venu me perturber. Mes compagnes semblent sereines, nous nous habillons doucement et rejoignons le self pour le premier repas de la journée.

Assises devant nos thés, nous restons silencieuses un moment sans que cela soit pesant. Nous nous comprenons d'un regard, complice et confiant à la fois. Nous allons récupérer nos affaires et nous nous dirigeons vers notre premier cours.

Nous allons enchaîner quatre heures d'interro, deux heures de Français puis deux de maths, géniale comme reprise !

À la fin de cette matinée éprouvante, nous mangeons rapidement avant d'aller nous défouler dans nos arts respectifs. J'espère ne pas perdre mes moyens en tombant sur une pièce difficile à jouer… Monsieur Rivière nous impose de nous installer en cercle sur la scène, il a sélectionné « La Colonie » de Marivaux. Il nous distribue nos textes, nous demande de lire les quatre premières pages pour nous mettre dans l'ambiance. Puis nous désigne un à un pour interpréter une phrase. Il choisit ainsi les élèves qui semblent le plus correspondre aux différents personnages.

Arthénice est attribuée à Laurène, une jolie blonde élancée, qui incarne la noblesse à elle seule autant par son langage que par sa façon d'être : un peu guindée et dédaigneuse. Elle n'est pas énormément appréciée, car elle a tendance à se moquer des acteurs. Je l'imagine en pleine situation embarrassante afin de me détendre. Je pouffe intérieurement à cette pensée.

Vient le tour de la famille Sorbin : le père sera interprété par Pierre, Lina par Cécile et la mère ?

— Solveig, tu joueras Madame Sorbin, je compte sur toi pour t'affirmer dans ce rôle où tu devras tenir tête à Arthénice. Cela devrait t'aider à jaillir de ta coquille, me dit-il en souriant.

Je suis tétanisée à la suite de son annonce, je sens mon pouls devenir erratique, la sueur ruisselle dans mon dos, mes jambes commencent à trembler. C'est impossible, cette pimbêche va tout faire pour me déstabiliser, il suffit déjà de voir comment elle me regarde !

— Monsieur, puis-je sortir prendre l'air quelques instants, s'il vous plaît ? articulé-je difficilement.

— Oui bien sûr, vas-y !

Je me lève avec peine, j'ai chaud, ma tête tourne légèrement, je saisis qu'une crise d'angoisse débute, puis m'envahit en totalité, mes larmes coulent avant que je ne sois dehors... Au moment où je réussis à ouvrir la porte comme une forcenée, je laisse échapper mon stress dans un cri douloureux. C'est alors qu'un événement spectaculaire et inhabituel se produit. Ma peau me brûle intensément et en la montant vers moi pour regarder ma tache, celle-ci se met à flamboyer. D'un mouvement irrépressible, je l'agite en direction de la poubelle, qui s'enflamme aussitôt ! Je reste interdite, ne comprenant pas ce qu'il se passe. Elle ne flambe plus, comment cela est-il possible ? Je me secoue et entre de nouveau dans le théâtre pour avertir Monsieur Rivière de l'incendie qui est, pour l'instant, maintenu dans le container. Il accourt avec un extincteur et me demande des explications.

— Je ne sais pas quoi vous dire, quand j'ai levé les yeux vers celle-ci, j'ai vu des flammes et je suis retournée immédiatement vous chercher, balbutié-je.

— Tu as bien fait, Solveig, tu ne crains plus rien. Passe aux sanitaires te rafraîchir et rejoins-nous.

Je lui réponds par un sourire forcé et me précipite dans la première cabine disponible, avant de m'effondrer en pleurant. Qu'ai-je fait ?

Chapitre 11

Kalia, au même moment

Je suis heureuse d'arriver enfin à mon cours préféré, je l'attends depuis le début de la matinée, ces examens m'ont épuisée, la danse va me faire évacuer tout le stress et la pression accumulée durant ces derniers jours.

Monsieur Joba, l'assistant de Madame Besnard, nous demande de nous installer sur les sièges situés face à lui pour nous parler du programme de l'après-midi. Un premier groupe va continuer de s'entraîner sur le projet déjà entamé avec lui, tandis que le second va se concentrer sur un nouveau thème : « *Starmania* ». Au prochain cours, nous inverserons, cela leur permettra de choisir les élèves qui interpréteront les différents rôles. Il procède à l'appel en partageant la liste en deux, je me retrouve malheureusement dans l'équipe de Lindsay, la préférée du second du prof. Nous commençons donc par la comédie musicale. Les échauffements sont exécutés en classe complète afin d'éviter les accidents, puis chaque troupe retourne à ses répétitions.

Ce dernier nous demande de nous mettre en rang et de regarder attentivement les pas qu'il nous interprète. Nous l'observons soigneusement pour les effectuer à notre tour à la perfection. Une fois sa démonstration finie, il nous appelle un à un pour que nous les reproduisions devant lui. Cela n'est pas aussi facile que ça en avait l'air ! Mécontent, il nous fait reprendre plusieurs fois cet entraînement avant qu'il nous ordonne d'arrêter.

— Placez-vous en ligne et exécutez l'enchaînement en totale synchronisation ! J'exige de la fluidité, des émotions, vivez la musique…

Au moment de nous positionner, Lindsay me pousse et je percute Damien. Elle commence déjà à me chercher des poux dans la tête, comment arrive-t-elle à toujours réussir ses coups en douce ?

S'ensuit une véritable cacophonie, chacun voulant défendre l'élève qu'il apprécie. Le suppléant s'approche de nous afin de remettre de l'ordre et comprendre ce qu'il s'est passé, mais tout le monde cesse immédiatement de parler et on se place finalement en rang sans bruit.

Nous accomplissons les mouvements seuls dans un premier temps, puis tous ensemble, pendant au moins dix minutes sans qu'aucun autre événement dramatique ne se produise, mais c'est sans compter sur cette peste qui en a décidé autrement. Elle me fait un croche-pied sournois dès que Mr Joba a le dos tourné. Je chute avec force et entraîne avec moi mon pote de devant. Je me relève à la hâte pour voir s'il n'a rien et il me rassure en souriant, c'est alors que Monsieur Joba accourt vers nous et me réprimande vivement, sans me laisser le temps de m'expliquer et me renvoie de la scène.

J'étais déjà très énervée après son premier coup bas, mais là, c'en est trop, j'entre dans une colère noire et prends la direction des coulisses pour me calmer. Le rictus triomphant de cette petite idiote me fait rager encore plus. À cet instant, ma main gauche se réveille, les fourmillements s'accentuent tant que j'ai la sensation de ne plus me maîtriser. De multiples émotions m'accablent, se mélangent, créant une fureur puissante et dévastatrice.

La tâche rougit sur ma peau, comme une brûlure profonde, je serre les poings et les dents si fort que je m'en fais mal. Je dois me détendre, je suis dépassée par ce qui m'assaille, j'essaie de décrisper mes doigts.

À l'instant où je monte, en colère, vers le décor, un grand tremblement se produit, suivi d'un grondement assourdissant. Je lève alors mes yeux baignés de larmes et j'aperçois un pan de mur se briser et s'effondrer sur le sol !

Je me recroqueville sur moi-même, paniquée, lorsque les élèves et notre enseignant arrivent en courant. Sans attendre mes explications, Mr Joba m'accuse :

— Qu'avez-vous fait, Mademoiselle Le Hir ?

— Moi ? Rien… Comment voulez-vous que je fasse ça ? m'écrié-je.

Il me lance un regard noir, mais fait partir tout le monde et nous retournons aux vestiaires pour nous changer, c'est trop dangereux de s'éterniser dans un lieu mal sécurisé ! Je suis le reste de mes camarades, abasourdie et choquée par cette soudaine catastrophe, et me sens vidée de toutes mes forces.

Chapitre 12

Naïa – Piscine de Bréquigny – le même jour

Mon cours de dessin a été annulé pour être remplacé par le test d'aptitude en piscine ! Même si nous avons été prévenus deux jours avant, je suis déçue, j'ai tellement envie de crayonner ce qui me trotte dans la tête, j'ai besoin d'évacuer ce qu'il s'est passé pendant les vacances. Cela me hante encore, je me pose des tas de questions, je ne comprends pas pourquoi cela nous arrive. Ensemble, nous retournons le problème dans tous les sens et nous ne saisissons pas le lien qui peut nous unir, puisque l'on s'est connues cette année !

Je me change parmi mes camarades, et j'entends Lou et son fan-club se moquer de certaines, qu'elles trouvent soit trop rondes, soit trop moches à cause des boutons... Elles me sortent par les trous de nez, celles-là ! Toujours à se pavaner devant les garçons, à humilier les autres gonzesses de la classe, elles sont ouvertement méchantes, mais personne n'ose leur tenir tête.

Sara, Manon et Léa se dissimulent le plus possible, cherchant à se fondre dans le décor. Elles sont les cibles préférées de ces pestes ! Manque de chance, le groupe des pétasses les aperçoit et s'approche d'elles.

— Alors les boudins, on se cache ? crache Lou.

— Elles sont bien trop grosses pour ça, ricane Maria, entraînant toutes les pimbêches à rire de sa blague.

Je bouillonne intérieurement, je n'ai jamais supporté l'injustice ni les déchaînements de moqueries envers les gens « différents ». Trop c'est trop, je décide de m'interposer en voyant mes copines les larmes aux yeux.

— Tu ferais mieux de te taire Maria !! grogné-je. Arrête de jouer les sirènes...

— Elle est nettement plus envoûtante que toi ! réplique Lou.

— Peut-être... mais tu sais ce qu'on dit, c'est une créature mi-femme, mi-thon !! lancé-je fière de moi.

— Tu vas me le payer ! rage-t-elle.

Alors qu'elle s'apprête à me sauter dessus, le maître-nageur frappe à la porte en nous ordonnant de nous dépêcher de quitter les vestiaires.

Lou et sa troupe en bikini partent les premières. Elle me bouscule et me souffle discrètement :

— Tu ne perds rien pour attendre, toi !

Je soutiens son coup d'œil meurtrier, puis me dirige vers mes trois potes. On se prend dans les bras pour nous détendre, elles semblent un peu rassurées, mais craignent les représailles.

— Montrons-leur ce que nous valons, les filles ! Haut les cœurs, on relève le menton et on s'amuse, d'accord ? lancé-je le plus enjoué possible.

Elles me fixent, me sourient et hochent la tête. Nous laissons nos affaires à notre tour, la tête haute. Ce n'est pas un lot de morues qui va nous gâcher notre après-midi !

L'enseignant nous réunit pour nous expliquer ce qu'il attend de nous : il va falloir nager cinquante mètres dans un temps limité, rester en apnée pendant dix secondes et ensuite nous effectuerons des courses par huit, selon notre résultat obtenu au chrono. Elles seront ainsi plus équilibrées, comme nous serons par niveau.

Nous nous mettons à l'eau, elle n'est pas assez chaude à mon goût. Je décide de m'échauffer en réalisant plusieurs longueurs au crawl, puis en dos crawlé. Je sens le regard malfaisant de Lou sur moi, je sais qu'elle prépare un mauvais coup, mais pour l'instant je ne peux absolument rien dire ou faire… Mon intuition m'incite à la méfiance.

Arnaud, notre surveillant du jour, nous interpelle pour la première session. Il nous appelle un par un :

— Lou, Maria, Julie, Jordan, Naïa, Xavier, Fabien et Clément, sortez, vous êtes les premiers à passer.

Je grommelle en entendant mon prénom avec ceux des langues de vipère. Ils me font un clin d'œil et m'encouragent silencieusement. Nous sommes placés devant nos plots de départs jusqu'à la ligne numéro huit.

Je me concentre, je ne suis pas mauvaise dans cette discipline, mais certainement pas la meilleure non plus… Je respire profondément, Arnaud lance le top, chrono en main, et nous fonçons. Je m'élance de ma façon préférée, en crawl, ce qui me permet d'aller vite et de gagner de l'avance lors du retour. J'arrive en troisième position derrière Xavier et Julie. Lou est cinquième et elle fulmine de ne pas avoir réussi à me dépasser. Elle rejoint le banc, furieuse, puis son club de harpies en leur marmonnant quelque chose.

Je sors tranquillement à mon tour, le vainqueur me tend la main pour m'aider à quitter cet élément que j'aime tant. Je le trouve particulièrement craquant avec ses doux yeux verts, ses cheveux mi-longs ramenés vers l'arrière et sa fossette qui se creuse à chaque fois qu'il sourit. J'en pince pour lui, mais je n'oserais jamais le lui avouer, je suis bien trop timide pour cela !

Alors que nos doigts sont toujours enlacés, je passe à côté de Lou qui déplie sa jambe, au niveau de mes genoux. Perdue dans mes pensées, je n'y prête pas attention et je trébuche contre elle, tombe sur le côté puis roule lourdement dans la piscine. La peur m'a fait crier, mon pauvre cavalier n'a pas pu me retenir, quand je remonte à la surface je découvre la moitié de ma classe hilare en me désignant ! Je suis rouge de honte, je me sens mal, je voudrais m'enfuir loin d'ici pour que mon crush ne me dévisage plus. Il semble choqué, mais par quoi ? Ma chute ou parce que je me suis rétamée comme une bouse ? Désemparée, je sens de gros sanglots rouler le long de mes joues, tandis que Maria m'achève :

— Oh regardez-moi le petit bébé qui pleurniche ! Le tonneau n'a pas su arrêter sa course et s'est explosé dans le bassin !

La bande autour d'elle rigole de plus belle, je sens la honte, la colère et la déception monter crescendo, je ne contrôle pas mes tremblements. Au moment où mes amis plongent pour me rattraper, un mur de liquide bleu s'élève face à moi, puis m'entoure totalement. Je panique devant cette vision, mes émotions tourbillonnent, l'eau aussi... Les rires et les moqueries se sont tus, le temps semble figé, je suis terrifiée, j'entends mon beau brun m'appeler en essayant de me rejoindre. Je finis par m'évanouir, sans force, je sens juste des bras puissants m'empoigner et me sortir de ce capharnaüm.

Que vient-il de se passer ? Qu'ai-je fait ? Solveig, Kalia, aidez-moi !

Chapitre 13

Céleste

Aujourd'hui est un jour à marquer au fer rouge, à mon réveil, j'ai perçu au fond de mon âme une instabilité dans le monde. Je réunis mes affaires et pars directement à la clairière afin de sentir au mieux la présence de mes bébés devenues grandes, elles me manquent tellement ! Cela m'a mis du baume au cœur de les apercevoir, de me rendre compte du charme qu'elles ont hérité de leur regretté père... L'absence de mon chéri est difficile à supporter, mon existence est une longue série d'épreuves douloureuses... Chaque homme de ma vie a disparu ! C'est un supplice sans nom, alors voir mes enfants réunis, si beaux et proches de moi m'a galvanisée et je serai là pour elles, quand mon heure sera venue.

Elles ont chacune pris de mes traits, sans pour autant se ressembler, à première vue, on ne croirait pas qu'elles sont sœurs et surtout triplées. Je me rappelle que seul leur angiome prouvait leur filiation. Elles sont ma fierté, elles représentent le miracle que je ne pensais jamais réaliser de nouveau. J'aimerais tant pouvoir les serrer dans mes bras et répondre à toutes leurs interrogations. Elles sont la raison pour laquelle je me lève chaque jour et qui me fournit la force de rester en vie et dans l'ombre afin de les tenir éloignées du danger qui plane sur nos têtes depuis tant d'années. Leur lien s'affirme de plus en plus, je le sens depuis un moment déjà, mais là, c'est différent.

Autour de nous, les puissances surnaturelles se modifient, des changements importants m'indiquent que leurs dons se sont réveillés. En effet, elles ont hérité de mes gènes magiques, tout comme j'ai pu recevoir ceux de ma mère, Stella. Mais à cause des menaces constantes de la part de mon ennemie jurée, j'ai dû les enfouir au fond de leurs cœurs, afin qu'elles ne soient pas repérées. Ils ne devaient réapparaître qu'à leur rencontre et après leur visite dans ce lieu que je chéris tant.

Et le moment est venu, je l'éprouve au plus profond de moi, mes petites soeurcières redeviennent ce qu'elles étaient. Elles seront très puissantes, c'est écrit dans notre sang, dans notre lignée, mais nous devons absolument leur apprendre à gérer leurs émotions et à canaliser toutes leurs énergies. J'ai peur de les voir souffrir à cause de ma rivale, je suis terrifiée à l'idée de ne pas réussir à les aider si elles en ont besoin. Je me sens si vulnérable ! Il faut absolument que ce fil invisible se stabilise, se renforce pour que je puisse communiquer avec elles, pour leur apporter soutien et conseil dans l'utilisation de leurs aptitudes.

J'aurais souhaité leur enseigner les grimoires, les potions, tout ce qu'elles devraient maîtriser depuis des années. Le destin en a décidé autrement, mais j'ai confiance en elles, je suis persuadée que mes filles sauront s'adapter à notre milieu, développer des idées innovantes. Elles vont enfin réouvrir les portes de notre monde, le solidariser comme avant à celui des mortels, réunifier les chasseurs et les sorcières afin que l'équilibre cosmique règne à nouveau.

Il ne faut pas que je m'affole, cela ne m'aidera pas dans mon devoir, ni ne favorisera un maintien sain et fixe. Les sentiments négatifs sont dévastateurs et nocifs pour nous, la colère altère les bienfaits et finit par détruire tout ce qui l'entoure, nous y compris. Ils ont justement été entraînés pour ça, ils défendent l'harmonie naturelle des forces de l'Univers, ils éliminent les êtres malveillants et nous épaulent dans nos obligations. Enfin, ça, c'est ce qui aurait dû se passer !

Chapitre 14

Solveig

Je suis enfin de retour dans notre chambre, ce lieu qui nous protège du monde extérieur. Je ne comprends rien à ce qu'il s'est passé aujourd'hui, j'attends leur retour avec impatience, j'ai besoin de leur parler, je suis effrayée… Je décide de me mettre à l'aise, je me lave les mains et je découvre que la tache est plus voyante, plus foncée et surtout beaucoup plus grande. Suis-je malade ? Ne me sentant pas très bien, je choisis de m'allonger confortablement sur ma couette. Après tout, nous sommes vendredi et nous ne rentrons pas chez nous, je peux souffler un peu. L'angoisse me tord les boyaux, j'aimerais bien qu'elles se dépêchent !

Un bruit me fait sursauter, j'ai dû m'assoupir un instant. Quelque chose gratte le long de l'accès à notre chambre, je suis terrifiée, puis la porte s'ouvre brusquement sur une furie brune qui la claque derrière elle. Je suis soulagée, mais très surprise aussi de la voir dans cet état…

— Kalia, ça va ? Birdie, qu'est-ce que tu as ?

Devant son air défait, ses yeux rougis et son mutisme, mon inquiétude monte en flèche, je m'apprête à reprendre la parole, quand le battant se déverrouille de nouveau avec fracas sur notre amie Naïa. Notre jolie blondinette est en larmes, elle hoquète tant que je ne comprends absolument rien à ce qu'elle veut nous dire.

— Sweetie, calme-toi s'il te plaît, je n'arrive pas à saisir le sens de tes mots…

Kalia se jette dans mes bras, suivie par Naïa et nous nous ressourçons ainsi pendant de longues minutes. Nous laissons nos sanglots couler afin d'évacuer nos tourments. Je ne les ai jamais vues dans cet état et en aucun cas, je n'ai ressenti une telle détresse en moi.

Nous lions nos mains et lorsque nous les portons plus haut, vers nos visages, nos angiomes foncent encore plus, mais le fourmillement n'est pas désagréable, il diffuse une sorte de chaleur apaisante. Nous posons nos fronts les uns contre les autres et d'un coup, la musique envoûtante se fait entendre, tout paisiblement, elle est presque inaudible au premier abord, puis elle s'intensifie peu à peu, elle adoucit nos peines immédiatement, nous percevons alors une vague d'amour autour de nous. Nous nous détendons puis finissons par nous asseoir et libérer nos doigts. On se sourit et je pense qu'il va falloir parler des derniers événements.

Alexandrine nous rappelle qu'il est l'heure de passer aux sanitaires puis de descendre manger. Nous nous dirigeons vers nos placards, prenons nos affaires et sortons sans un bruit.

Nous sommes au self, lorsque je me décide à briser le calme.

— Mes chéries, je crois que nous avons chacune vécu quelque chose d'important cet aprèm, je vous propose qu'on en discute ce soir sinon nous n'allons pas dormir...

Elles me regardent et acquiescent en silence. Nous terminons rapidement notre repas, puis allons directement nous brosser les dents avant de rejoindre notre repaire.

Une fois que nous sommes installées confortablement, je me lance la première, j'ai besoin de vider mon sac.

— Cet après-midi, j'ai eu très peur... Je ne sais pas comment vous expliquer les faits sans passer pour une folle à vos yeux. J'ai un rôle important à interpréter dans la pièce choisie par Mr Rivière, j'avoue que je suis contente, mais je joue le deuxième personnage principal contre Laurène, une peste dédaigneuse qui n'aime pas les autres filles de la troupe.

Cela m'a fait paniquer, j'ai demandé à sortir un moment. Quand je suis arrivée dehors, en pleurs, ma tache s'est mise à me brûler, je l'ai secoué et un feu s'est déclenché dans la poubelle située non loin de moi…

Je finis mon récit du chagrin plein la voix et elles m'enlacent, cela me rassure et me calme. Kalia nous raconte à son tour son traumatisme, elle ne nous lâche pas.

— Pendant mon cours de danse, l'assistant, Monsieur Joba, nous a séparés en deux ensembles. Je me suis ainsi retrouvée dans celui de Lindsay, vous savez sa petite préférée ? Elle cherche des histoires à tout le monde, c'est une vraie pimbêche ! Elle m'a poussée, j'ai bousculé Damien, car je n'ai pas pu me retenir, et c'est moi qui me suis fait engueuler ! rage-t-elle. Alors le prof m'a envoyé me calmer plus loin, derrière le décor. La colère m'a envahie si fortement que ma marque m'a piqué violemment et un morceau du mur est tombé… J'ai été accusée d'en être responsable ! Mais c'est impossible, je n'y suis pour rien, je ne suis pas magicienne !

Nous tentons de la tranquilliser, cela prend un peu de temps, mais nous finissons par la sentir soulagée.

Naïa enchaîne avec son après-midi qui ne semble guère mieux.

— Aujourd'hui c'était le fameux test piscine, celui que personne ne veut faire. Je n'avais pas forcément envie d'y aller, mais je n'ai pas eu le choix ! grogne-t-elle.

Elle se tait un instant puis reprend doucement.

— Lou la pétasse et Maria la grognasse ont encore emmerdé mes copines Sara, Léa et Manon ! Et pour une fois je suis intervenue ! J'étais plutôt fière de moi, mais j'ai eu un pressentiment négatif...

Nous la regardons avec compassion, puis l'écoutons continuer son récit.

— Nous devions faire des longueurs en un temps limité, j'ai été appelée à rejoindre le premier groupe. Je suis arrivée troisième et Lou cinquième. Elle l'avait mauvaise ! Ensuite Xavier m'a aidé à sortir et il m'a souri, j'ai vu sa fossette se dessiner sur sa joue, ça le rend encore plus mignon. Il a des yeux verts magnifiques, des cheveux mi-longs et un corps sculpté... rougit-elle.

Nous rions à sa déclaration, il va falloir mener notre petite enquête sur ce beau jeune homme qui la trouble tant ! Cela détend l'atmosphère pesante qui règne ici !

— Mais alors que je revenais vers ma bande en le tenant toujours par la main, Lou m'a fait un coup tordu, je n'ai pas réussi à me reprendre, j'ai roulé et suis tombée lourdement dans la piscine. Tout son fan-club était hilare, une grosse partie de la classe aussi. Sauf lui et mes amies… J'ai eu tellement honte que j'ai laissé exploser ma tristesse. Et quand il a voulu me rejoindre avec Clément, un mur de liquide s'est élevé, a tourbillonné autour de moi et j'ai fini par m'évanouir. Il m'a sauvée de la noyade…

Nous sommes éberluées par tous ces différents événements, terrorisées même. Après un énième câlin, je me lève chercher du thé pour toutes les trois, une boisson chaude va nous requinquer. Il nous paraît nécessaire de garder la tête froide, il y a forcément une explication rationnelle !

— Comme nous sommes épuisées par cette journée de dingue, le mieux serait de nous coucher et d'en reparler demain hors du lycée. On pourrait aller au Parc du Thabor, qu'en pensez-vous ?

— Bonne idée, Honey ! Cela nous fera du bien de prendre l'air et ainsi voir si cela se reproduit…

Nous nous mettons au lit, espérant que notre nuit sera paisible. Au moment où le sommeil me tombe dessus, j'entends la tendre mélodie m'envelopper de sa chaleur bienveillante, tel un cocon. Je souris avant de sombrer dans un songe plein de douceur.

Après cet interlude calme et reposant, nous fuyons le lycée pour trouver un coin retiré dans le parc du Thabor. Nous allons profiter des derniers instants d'été indien pour pique-niquer et parler librement de cette journée noire.

Nos idées ne sont pas claires concernant les événements de la veille. Avons-nous rêvé ? Est-ce simplement des coïncidences ? Beaucoup de questions envahissent nos cervelles déjà bien remplies par le stress et l'angoisse. Que doit-on faire ?

Nous avons beau essayer de provoquer les mêmes choses, mais rien ne se passe... Nos interrogations deviennent de plus en plus grandes, nous avons sérieusement besoin d'explications. Mais qui peut nous répondre honnêtement ?

Après de multiples journées sans aucun incident, nous reléguons cette histoire dans un coin de notre tête. Les cours s'enchaînent, nos examens arrivent et nous nous concentrons sur ceux-ci. Après tout, eux sont bien réels. Les vacances nous ont permis de récupérer de la fatigue accumulée, de jouir de nos proches, tout en restant en contact toutes les trois. Nous avons du mal à être éloignées les unes des autres. Le printemps est là, le moral est au beau fixe, nous allons profiter au maximum des extérieurs et du parc Thabor, qui est rapidement devenu notre fief. Allons-nous vers de nouvelles découvertes ?

Chapitre 15

Kalia – mars 2019

Ces derniers mois, les cours ont filé à une vitesse folle, nous avons eu peu de temps pour nous retrouver toutes les trois. Nous avons enchaîné les examens, mon gala de danse s'est parfaitement déroulé. J'ai pu, comme demandé par mes parents, filmer la séance. Ainsi lors des vacances leur faire découvrir ma représentation dans son intégralité. Je les ai sentis émus et je pense fiers du parcours et des progrès que j'ai faits depuis mon choix d'orientation.

Ce dernier trimestre, nous avons un spectacle de fin d'année à imaginer de A à Z, en groupe. Nous sélectionnons les camarades que nous souhaitons pour réaliser notre chorégraphie, j'opte de ce fait pour ma petite troupe. Nous discutons de concert des différents thèmes proposés par les enseignants afin de désigner le meilleur ! Nous sommes heureux de pouvoir enfin être ensemble pour montrer notre talent à nos familles et notre créativité. Mais malheureusement, deux personnes sont intégrées à notre bande par le professeur.

Je repars dans ma chambre malgré tout, le sourire aux lèvres et des suggestions plein la tête, il faut que je pense à me faire un cahier pour être sûre de ne rien oublier quand je les reverrai afin de mettre nos idées en commun. Naïa et Solveig sont déjà installées sur leurs lits, le nez dans leurs leçons, moi je suis tellement emballée que je ne peux attendre qu'elles aient finies pour leur annoncer l'excellente nouvelle :

— Les filles ! Je suis tout excitée, le prof nous a donné notre programme pour le dernier trimestre et devinez ce qu'on va faire ?

— Alors là, bonne question. Une nouvelle comédie musicale ? me demande Naïa.

— Non ! Nous devons monter nous-même notre spectacle ! Et en plus, nous avons le choix des personnes, donc Agathe, Lola, Ludo, Victor et Maël sont avec moi, je suis trop contente de pouvoir faire un projet avec eux ! Bon, le mauvais point c'est que Lindsay et Max nous ont été imposés... Personne ne voulait d'eux !

À cause de mon enthousiasme, je sens ma tache chauffer et l'armoire en face de moi commence à trembler, les portes s'ouvrent seules et les affaires de Naïa tombent au sol. Je me liquéfie sur place, cela faisait longtemps que ce phénomène ne s'était pas produit, et là, qu'il se réalise en leur présence me rassure un peu.

Je les regarde, elles sont autant choquées que moi, je me confonds en excuses auprès de celle qui se retrouve avec son linge éparpillé sur le parquet, puis je m'applique à le plier et ranger en silence, je suis rouge de honte et ne sais plus où me mettre.

— Kalia, arrête-toi cinq minutes, pose-toi à côté de nous et respire. Ce n'est pas grave, me dit Solveig.

— Je suis vraiment désolée, bien sûr je ne voulais pas que ça se produise, j'imaginais avoir rêvé les derniers événements, vu que plus rien ne s'était déroulé, mais là ça me ramène à la réalité. J'ai le sentiment que ces manifestations se passent uniquement lorsque nous vivons une émotion intense.

— J'en ai bien l'impression oui, mais comment faire pour réussir à les canaliser ?

Je pose ma tête sur l'épaule de Solveig, les larmes aux yeux, mes pensées se bousculent, je déteste me sentir démunie et ne pas comprendre ce qu'il m'arrive. Moi qui apprécie être toujours en possession de tous mes moyens, là je me retrouve à la merci d'événements que je ne peux ni expliquer ni contrôler.

— Il va falloir réfléchir à tout ça oui, mais en attendant, j'aimerais bien que l'on finisse de ranger ma penderie pour mettre au point notre planning d'avril, car cette année, je voudrais fêter mon anniversaire avec vous, tempère Naïa.

— Oui, bien sûr, c'est quand ? demandé-je.

— Le 7 avril 2002.

Elles me regardent, ahuries, et me répondent simultanément :

— Moi aussi, c'est ce jour-là !

Je reste sans voix face à leur confession, le destin est vraiment étrange, il a placé sur ma route deux superbes copines, qui de plus, sont nées à la même date que moi. Là, nous défions les probabilités de tous les scientifiques !

— Voyons voir s'il est encore plus farceur : à quelle heure ?

— 10 h 10, réagit Naïa.

— 10 h 20, ajoute Solveig.

— Et moi 10 h, c'est bizarre quand même vous ne trouvez pas ? Au CHU de Rennes ou ailleurs ?

Elles me répondent en chœur :

— Au même endroit que toi !

Je suis totalement bouleversée par ce qu'elles viennent de répliquer. Notre naissance est entourée de mystères, je ne crois pas à autant de coïncidences ! Entre les phénomènes inexplicables visibles uniquement par nous trois, la femme rousse, la musique et maintenant ça... Mais que nous cachent nos parents ?

Chapitre 16

Naïa – Rennes – rendez-vous entre amis.

J'ouvre un œil doucement dans mon lit bien chaud, les filles émergent aussi en toute tranquillité. Nous n'avons pas envie de nous confronter à tout ce que nous avons découvert hier. Cela me tracasse beaucoup, je suis pourtant très proche de mes parents, je me demande s'ils m'ont menti sur ma naissance et sur tout un tas d'autres choses... Je soupire bruyamment et Solveig m'interpelle :

— Tu es réveillée ?

— Oui... Je réfléchis à toutes les coïncidences de nos vies, je suis perplexe !

— Stop ! Aujourd'hui, on se change les idées, on va profiter des premiers rayons de soleil pour sortir avec nos potes. Qu'en pensez-vous ? propose Kalia.

Je la regarde, complètement emballée par cette proposition, et nous répondons simultanément :

— OOOuuuiiiii super plan !

Nous nous levons précipitamment et nous passons par la case sanitaires à la vitesse de l'éclair. Une fois habillées, nous les contactons via la discussion WhatsApp :

[Regroupement autour d'un pique-nique au Thabor dans 2 heures ? Amenez vos couverts et vos boissons, prenez ce qui vous fait envie et on s'occupe du reste !!]

Les portables vibrent rapidement, indiquant les réactions de notre cercle.

[Ça marche ! À tout à l'heure.]

Je souris bêtement devant l'icône cœur envoyée par Xavier. Les filles s'en rendent compte et me taquinent :

— Ton crush aurait-il répondu ? glisse malicieusement ma p'tite rousse.

Je pique un fard aussitôt, lui tire la langue et elles explosent de rire ! Je me joins à elles, cela nous fait tant de bien.

Nous quittons notre chambre en parlant de tout et de rien, nous dirigeons vers la pizzeria afin de passer notre gargantuesque commande, nous sommes seize adolescents affamés ! Nous prenons les mégas formats, il y aura du choix : au poulet, aux 4 fromages, version très épicée, végétarienne… C'est ce qu'il faut pour correspondre au mieux à tous les goûts de la troupe.

Nous sommes chargées avec nos seize boîtes gigantesques, nous faisons bien attention à ne pas faire de catastrophe en nous faufilant dans la foule. Arrivées à bon port, tout le monde est déjà devant la grille à nous attendre. Après les embrassades et les boutades, nous nous dirigeons vers le plus bel endroit du parc : la rivière ne passe pas loin et il y a même un pont caché sous les arbres, je trouve ça si romantique avec le bruit de la cascade...

Perdue dans mes pensées, je bouscule légèrement Xavier. Il me rattrape par la taille et je deviens aussi rouge que la sauce tomate... Il est encore plus envoûtant sous le soleil, je fonds ! Il me prend les cartons tout en restant contre moi, ses iris verts brillent, je suis sous son charme, c'est certain !

Sarah, Ludo et Lola installent les couvertures sur l'herbe, les autres déposent nourriture et boissons au milieu. On s'organise un brin à l'arrache, les blagues fusent et le moment est très agréable. Les pizzas passent de mains en mains, chacun se sert selon son envie et son appétit. Léa et Agathe ont apporté des fruits et des légumes, ça équilibrera un peu le menu !

Je suis assise en tailleur pas loin de Kalia qui bavarde avec Maël de leur projet de fin d'année, la discussion est ponctuée de gestes et de mimiques, j'immortalise l'instant avec de petites vidéos. Mon beau brun s'est installé près de moi et je n'ose pas engager une véritable conversation avec lui. Je sais qu'il m'apprécie, mais je ne connais pas ses sentiments, sont-ils réciproques ? Il va falloir que je me jette à l'eau, mais cette pensée me tétanise et me ramène à l'incident de la piscine.

— Ça va, Naïa ? Tu es toute blanche… me chuchote-t-il.

Je sursaute en l'entendant si près de mon oreille, je me tourne lentement vers lui, il me paraît inquiet, je le rassure du mieux que je peux avec un rictus.

— Accepterais-tu de te balader avec moi un peu plus tard ? me dit-il doucement, en me contemplant avec affection.

— Euh… oui… bien sûr, je… je… bégayé-je.

— Ne t'en fais pas, je ne vais pas te manger, plaisante-t-il en me faisant un clin d'œil.

Je rougis face à ce sous-entendu et je jette un regard à mes amies de chambrée, qui n'ont pas perdu une miette de notre rapprochement. Kalia valide en hochant la tête et Solveig lève ses deux pouces : elles pourraient être plus discrètes !

Cela fait deux bonnes heures que nous sommes là, on discute, on rigole, certains ont sorti leur matériel de dessin pour immortaliser la scène. On fait des selfies, des grimaces, des jeux aussi… Le temps passe vite lorsqu'on s'amuse !

Xavier m'attrape par l'épaule en se penchant vers moi.

— Je t'emmène en balade ?

Je le laisse me relever et m'emporter sous les plaisanteries et les sifflets de mes camarades ! J'hésite entre être cramoisie par la honte ou par le plaisir…

Nous nous dirigeons vers le chemin sinueux qui mène au pont, cet endroit est surnommé « *le rendez-vous des amoureux* ». Nous marchons en silence, les doigts entrelacés, je n'ose briser le calme de cette douce parenthèse. Mes émotions sont au summum et j'espère que rien de fâcheux ne viendra perturber ce moment.

On s'arrête sous un magnifique saule pleureur, tout proche de la rivière, on distingue le bruit agréable des clapotis, des oiseaux et malgré les promeneurs, nous n'entendons rien d'autre.

— Naïa, je… je… bégaie-t-il, comment commencer sans te mettre mal à l'aise....

— Que se passe-t-il ? Quelque chose ne va pas ?

Il me regarde intensément, tout en restant immobile. Un doux sourire se dessine sur sa bouche et mon attention se porte aussitôt sur elle. Mes yeux remontent jusqu'aux siens et il se décide à parler.

— L'autre jour, au cours du test, j'ai vraiment eu très peur… Je n'ai pas tout de suite remarqué que cette sale peste de Lou t'avait volontairement fait tomber, je suis désolé de ne pas avoir réagi de suite, j'étais tétanisé face à la violence de ta chute. Puis l'eau s'est mise à faire un tourbillon bizarre autour de toi, alors j'ai paniqué puis j'ai plongé avec Clément pour essayer de te tirer de là !

Je lui caresse la joue avec tendresse pour lui faire comprendre que je ne lui en veux pas du tout. Il blottit son visage dans le creux de ma paume, je sens sa peau râpeuse sur la mienne, je frissonne, il me rapproche de lui timidement.

— Quand j'ai enfin réussi à t'attraper, tu étais inconsciente et froide, sauf ta main gauche qui paraissait avoir été brûlée… Je t'ai sortie du bassin, allongée sur le dos pour voir si tu respirais encore, puis j'ai commencé les gestes de premiers secours pendant qu'Arnaud appelait ses collègues.

Je n'ose plus inspirer ni bouger. J'ai la sensation que le temps s'est suspendu, que l'air est chargé de chaleur, de sentiments, il me semble même entendre la musique de la clairière ! Je dois dérailler, c'est impossible…

Je suis décontenancée par tout ça, je ne sais plus vraiment où je suis… La douce voix de Xavier me ramène à la réalité.

— Depuis que je t'ai tenu contre moi et effleuré ta peau, je rêve de t'embrasser, me confie-t-il.

Je suis surprise par sa déclaration, mon cœur s'affole, mes paumes sont moites. Les branches du saule s'agitent lentement, comme pour nous protéger du monde extérieur, nous couper des autres. Alors je m'enhardis, je me rapproche jusqu'à toucher son corps avec le mien, je mets mes deux bras autour de sa taille et lève la tête vers lui.

— Embrasse-moi.

Les pupilles brillantes d'émotions, il se penche vers moi, attrape mon cou avec sa main droite, puis pose la seconde sur ma hanche. Je sens son souffle chaud sur mes lèvres, j'ouvre ma bouche et c'est là qu'il se décide. Tout est doux, la sensation est nouvelle pour moi, c'est mon premier baiser… Il me serre plus fort contre lui et l'intensifie, sa langue se fait plus aventureuse, la chaleur monte en moi, mes larmes se mettent à couler et le bruit des flots s'accentue. Mon tumulte intérieur serait-il à l'origine des changements autour de nous ?

À la fin de cette affectueuse étreinte, nous restons lovés l'un contre l'autre, il essuie mes pleurs, bécote mes joues, me chuchote des mots tendres. Je suis totalement amoureuse, je ne dois pas me voiler la face, je me blottis dans son cou, je hume son parfum si masculin, je frémis contre lui. J'ai l'impression d'être dans un cocon protecteur, je me sens en confiance avec lui. Xavier me relève la tête, me dessine les traits du bout des doigts, ses prunelles chaleureuses et émues me confortent dans cette idée.

— Tu es si belle, j'ai le béguin pour toi depuis la rentrée, mais je ne savais pas comment t'approcher…

— J'ai flashé sur tes iris émeraude lorsque tu m'as regardé la première fois. Je n'aurais pas osé si tu n'étais pas venue m'aborder…

Après ces agréables confidences, nous contemplons la rivière et la cascade, celles-ci semblent plus grosses que tout à l'heure. Elle chante avec vigueur, ses remous créent des bulles, les herbes se courbent au gré du vent. La mélodie est plus forte et plus douce, j'ai l'impression que la Nature souhaite me dire quelque chose, les branches du saule s'enroulent et forment un rideau autour de notre couple, il y a de la magie dans l'air, je le sens, ma tâche me titille.

Nous décidons de quitter notre cachette pour retourner vers nos amis qui doivent se poser des questions.

Nous revenons près d'eux, ils nous applaudissent et sifflent, alors nous nous joignons à la liesse et nous leur faisons notre plus belle révérence. Ce moment sera vraiment à garder précieusement dans ma mémoire.

La journée se termine, nous rentrons tous chez nous ou à l'internat, nous préparons déjà la longue semaine qui arrive, puis le week-end prochain c'est notre anniversaire, on sera toutes les trois au domicile de Kalia ! J'ai hâte !

Chapitre 17

Solveig – La chapelle des Fougerêts

Dans le train avec Naïa, je m'amuse à la taquiner sur son rapprochement avec son chéri. En effet, depuis que nous sommes réunies dans le wagon, elle n'a pas quitté son téléphone des yeux ! Elle est très évasive dans ses réponses à mes questions, tellement occupée par ses messages échangés avec lui. J'aime la voir prendre une teinte rosée quand j'énonce ce prénom au creux de son oreille, elle est amoureuse et ça se sent.

Arrivées à notre arrêt, nous rejoignons Kalia et sa famille dans de joyeuses et bruyantes retrouvailles, leur accueil est plus chaleureux que la fois passée, nous sommes soulagées. La route jusque chez eux se fait gaiement, nous échangeons même des blagues avec Laure.

Une fois rentrés, nous déballons à la hâte nos vêtements pour discuter tranquillement des derniers potins. Naïa n'est pas en reste vu qu'elle est le sujet principal de notre conversation.

Nous filons aider les adultes à finir de préparer le dîner et mettre le couvert sous une tonne de rires et de gentilles boutades. Nous profitons de ce moment pour organiser notre anniversaire avec eux, malheureusement un froid s'installe. Ils deviennent un peu distants à partir du moment où nous leur exprimons notre idée :

— Nous voudrions pique-niquer demain soir à la clairière et rester camper sur place, explique-t-elle.

— Mais pourquoi pas ici, à la maison avec nous ? se vexe Laure.

— Maman, s'il te plaît, nous aimerions n'être que toutes les trois. Tu n'imagines pas notre surprise lorsque l'on s'est dit notre date de naissance ! On soufflera avec vous nos bougies le dimanche. Promis ! minaude-t-elle avec une petite moue craquante. L'année prochaine, nous ferons une énorme fête pour nos dix-huit ans avec tout le monde.

— Bon d'accord, concède Laurent, mais vous faites bien attention et au moindre problème vous nous appelez, ok ?

Nous acquiesçons en chœur, elle se lève pour les embrasser, ravie qu'ils accèdent à notre demande. Le repas se termine avec la liste des choses et des courses à prévoir pour le lendemain. Nous débarrassons et nettoyons la vaisselle avant de monter dans la chambre pour fignoler les derniers détails et préparer nos effets.

— Punaise, j'ai cru que notre soirée était fichue, souffle Naïa.

— Oui, moi aussi, mais heureusement ils ont accepté.

— Je ne me serais pas laissé faire, vous commencez à me connaître maintenant, ricane Kalia.

— Oh que oui ! Répondons-nous en chœur, tout en souriant face à la détermination de notre amie.

— Allez, préparons-nous un bagage avec des vêtements chauds, demain j'irai récupérer la tente et les sacs de couchage dans le garage. Il faudra aussi penser à dégonfler les matelas pour les emmener.

— J'ai hâte de faire la bringue avec vous, à minuit nous pourrons trinquer et nous amuser sans déranger les voisins, affirme Naïa.

— Oui, confirme Kalia, mais les animaux seront sûrement moins contents, eux.

Nous éclatons de rire face à la sortie, si naturelle, de notre jolie Birdie. Il n'y a qu'elle pour songer à ce genre de broutille. Nous nous couchons tôt et la nuit se passe tranquillement.

Le lendemain matin, on se lève et on mange dans une bonne ambiance, Laure nous emmène au supermarché pour les courses nécessaires à notre virée. Le caddie se remplit avec trois bières sans alcool, des sodas, des gâteaux salés, des crudités, de la charcuterie et toutes les cochonneries essentielles à une fête ! Nous n'oublions pas les indispensables chamallows pour les faire griller à la broche. Nous prenons aussi trois éclairs au café avec des bougies afin de les souffler à l'heure prévue. Nous finissons de préparer ce qu'il nous faut, nous les aidons à cuisiner. Le déjeuner se déroule un peu froidement, ils n'ont pas l'air aussi enthousiastes que nous. Qu'est-ce qui les inquiète encore ? Ils ne seront pas loin en cas de problème.... Décidément, je ne les comprends pas ! Nous sommes assez matures pour faire attention et rester seules là-bas.

La journée se passe tranquillement. L'heure du départ est enfin là et nous remplissons le coffre de la voiture de tout notre barda utile pour notre virée. Une fois sur place, tout le monde s'active pour nous concocter un lieu sympathique pour l'occasion, avec Naïa je commence à monter la tente, pendant que Kalia et son père gonflent les matelas. Sa mère range les dernières affaires avant de nous laisser profiter de notre moment.

Les adultes sont finalement partis, après tout un tas de recommandations et de mises en garde, nous sautons et exprimons notre joie en riant et chantant.

Nous nous éloignons un peu du campement pour trouver de quoi alimenter un petit feu afin de nous éclairer et de pouvoir faire griller nos gourmandises. De retour à notre emplacement, avec les filles, nous amenons de grosses pierres pour entourer le foyer, ainsi que de l'eau et le sable, prévus par Laurent, en cas de débordements des flammes. Nous chahutons gentiment en attendant le moment de trinquer et de grignoter :

— Quel bonheur d'être ensemble dans la nature, exprimé-je tout haut !

— Oh que oui ! J'aime cet endroit, un sentiment de bien-être m'envahit lorsque nous venons ici, soupire Naïa.

— C'est vrai que ce lieu représente notre lien, c'est là que tout a débuté. Croyez-vous que l'on découvrira rapidement le fin mot de cette histoire ? interroge Birdie.

— Je ne peux pas te l'affirmer avec certitude, seul l'avenir nous l'apprendra ! Qui sait, peut-être parviendrons-nous à trouver des indices en fouinant chez nous, lui réponds-je. On est bêtes, on aurait peut-être dû commencer par-là…

— Oui, il faudra absolument s'en charger lors de notre prochain retour dans nos familles. J'ai soif, pas vous ? Une petite bière ça vous dit ? propose Kalia.

— Avec plaisir ! Je vais chercher notre grignotage, décide Sweetie.

— De mon côté, je vais récupérer nos vestes, au cas où nous aurions froid.

Chacune vaque à ses occupations, puis nous commençons à trinquer et à profiter au maximum de notre soirée, en partageant avec nos amis des selfies et des vidéos. Nous souhaitons immortaliser ces instants d'insouciance. Notre jolie blondinette, elle, passe un rapide coup de téléphone à son amoureux. Elle revient quelques minutes plus tard en nous prévenant qu'il rappellera après. Je suis contente pour elle, depuis qu'ils se sont déclarés leur flamme, elle est plus rayonnante et s'ouvre un peu plus aux autres. Elle a de la chance, j'espère moi aussi trouver quelqu'un qui fera battre mon cœur comme il fait vibrer le sien. Je le souhaite également à notre seconde célibataire.

Pendant ce temps, nos hôtes décident qu'il est l'heure de reprendre contact avec leurs vieux amis, afin de mettre à plat la situation et définir un plan d'action qui déterminera l'avenir de leurs chers enfants. Elles ne se doutent apparemment de rien, et encore moins de ce qui va arriver...

Il est enfin minuit, nous portons un toast gaiement avec notre troupe, grâce à WhatsApp. Lorsque nous raccrochons pour reprendre notre discussion, nous entendons cette musique familière, si agréable à nos oreilles. J'ai la sensation que quelqu'un chante pour nous, nos taches se mettent à chauffer doucement, nous les approchons et nous lions nos mains. La chaleur est plus intense, tout comme la mélodie, nous avons la chair de poule, nos poils se hérissent et nos yeux se remplissent de larmes silencieuses. Nous sentons tout l'amour et la bienveillance dans celle-ci, sans en connaître la provenance et la signification... Que se passe-t-il ?

Chapitre 18

Laure, l'heure des retrouvailles

Nous venons de revenir de la forêt où les adolescentes se sont installées. D'un seul coup d'œil, nous savons qu'il est temps de joindre nos vieux copains afin de discuter de la situation et de voir ce qu'on peut encore faire pour les protéger. Devons-nous LA contacter ? Au risque de devoir tout expliquer aux enfants....

Mon époux s'empare de son téléphone et appelle Olivier pendant que j'avertis Claire. On se retrouve tous à la maison d'ici une heure, nous préparons de quoi boire et nous sustenter en les attendant.

Laurent me prend dans ses bras, je suis angoissée à l'idée de les revoir, j'ai peur de perdre ma douce Kalia.

— Ne t'inquiète pas ma chérie, je suis persuadé que l'on va trouver un moyen de les préserver…

Je me mets à sangloter en enfouissant ma tête contre son torse.

Il me berce lentement, il m'apaise, il me sourit et m'embrasse tendrement. Nous sommes un couple amoureux et uni face au combat qui nous attend…

On frappe à la porte. Nous nous regardons et allons leur ouvrir, les dés sont jetés.

— Olivier, Estelle, entrez donc. Voilà Vincent et Claire, allez dans le salon, on arrive.

Je suis dans les bras d'Estelle, nous pleurons toutes les deux. Claire nous rejoint et nous nous consolons mutuellement.

Nous nous asseyons dans le canapé et les fauteuils, chacun boit un coup et personne n'ose briser le silence pesant qui s'est installé. Je me décide donc à prendre la parole en premier. Laurent me serre les doigts pour m'encourager.

— Bon je suppose que vous comprenez pourquoi on est tous réunis ce soir, après toutes ces années…

— Malheureusement oui, répond Estelle en séchant discrètement une larme solitaire.

— Comment vont-elles ? demande Claire.

— Très bien, les rassuré-je. Mais elles ont découvert certaines choses et je pense qu'il est temps de leur dévoiler la vérité.

Olivier soupire et enlace sa femme avec tendresse, Vincent essuie affectueusement les beaux yeux de Claire.

— Nous avons remarqué l'apparition d'une tache brune sur la main gauche de Kalia. Elle était quasiment invisible après l'incident de la clairière, mais plus le temps passe, plus elle devient évidente, raconte Laurent.

Devant l'air perplexe des parents de Naïa et de Solveig, j'éclaircis la situation.

— Lors d'un week-end avec elle, nous sommes allés nous promener en forêt et elle a fait un malaise à proximité d'un champ. Nous l'avons aussitôt ramenée à la maison et examinée. Seul cet endroit paraissait avoir été brûlé, mais très légèrement. La marque se trouve entre le pouce et l'index, sur la partie charnue entre les doigts.

— Naïa a exactement la même chose au même endroit, s'exclame Vincent.

— Tout comme Solveig, murmure Olivier.

— Elles ont également découvert qu'elles étaient nées le même jour, dans le même hôpital à dix minutes d'intervalle, soupiré-je, inquiète.

Les deux ménages se regardent et paniquent.

— Naïa et Solveig ne vous ont rien dit ?

Ils secouent la tête négativement. Ils sont maussades.

— Nous devons leur parler et leur avouer ce que nous leur cachons depuis si longtemps, si nous ne voulons pas qu'elles nous tournent le dos, et ainsi continuer à veiller sur elles. Qu'en pensez-vous ? les interrogé-je.

Après quelques minutes d'incertitude et de murmures entre époux, nous décidons d'un commun accord de dévoiler aux filles les circonstances exactes de leur naissance. Nous hésitons cependant à leur expliquer leur vraie nature et SON existence....

Nous mangeons en discutant de leurs enfances, de leurs passions et des coïncidences de leur rencontre. Cela fait aujourd'hui dix-sept ans qu'elles sont entrées dans nos vies, le temps est passé à une vitesse vertigineuse et nous appréhendons tous les conséquences des révélations que nous allons devoir leur faire très rapidement.

Estelle nous raconte quelques anecdotes sur Solveig et l'amour qu'elle porte aux livres et la poésie. Ses premiers poèmes étaient apparemment épiques et drôles ! Nous rions ensemble et je reconnais que cela fait du bien de se retrouver après tout ce temps, malgré les événements.

Claire nous parle de la sensibilité de Naïa et de son imagination débordante. Dès qu'elle a su tenir un crayon, elle s'est mise à dessiner, puis à peindre… n'importe où dans la maison ! Les murs, les sols et même les meubles n'ont pas été épargnés !!

Laurent nous avoue son amour pour la musique. Passion qu'il a transmise à Kalia, qui s'est toujours dandinée avant de se mettre à danser. Depuis, elle fait tout en chanson !

Après le dessert, nous décidons d'aller les rejoindre, plus vite elles seront dans les confidences, mieux nous pourrons intervenir en cas de danger.

Nous prenons la route dans la voiture de Vincent qui est plus grande, mon mari monte à l'avant pour lui indiquer le chemin, tandis que je suis derrière avec mes amies et Olivier se retrouve dans le coffre, sur le dernier fauteuil disponible. Sa femme a beaucoup ri, mais lui a ronchonné en nous disant qu'Estelle le rangeait au placard, car il se faisait trop vieux !

Nous arrivons à proximité du campement, nous distinguons le feu et nos enfants, elles chantent et dansent inconscientes du risque qui les guette à chaque seconde. Elles ne se doutent pas un seul instant que nos confessions vont bouleverser leurs vies, et les nôtres, à tout jamais.

Comment ne pas les blesser ? Ne pas LA nommer ? Tant de questions hantent nos esprits.

Chapitre 19

Audric, au domaine familial – Paimpont

Il y a des jours où tout est calme au domaine et d'autres comme aujourd'hui. Je ne sais pas ce qu'il se trame, mais tout le monde est agité. Même mes fils et Malaury semblent se préparer pour une mission. Chacun doit avoir son rôle à jouer, car tout est dirigé comme une chorégraphie. Elle est toujours aussi froide, autoritaire et surtout pleine de dégoût, voire de haine envers mon aîné. Si seulement je réussissais à m'évader et le protéger de la violence, des brimades et de la méchanceté qu'il subit jour après jour depuis sa naissance. Il n'a connu l'amour que très peu de temps auprès de sa maman et de moi, avant qu'il ne nous soit sauvagement arraché par mon clan. Pourtant il endure les foudres de sa marâtre pour une erreur qu'il n'a pas commise. Je n'aurais jamais imaginé qu'elle puisse, en tant que femme et mère, être aussi cruelle avec un si petit bébé, devenu un adulte dur en apparence et blessé au plus profond de son âme. Je voudrais lui parler de celle qui l'a mis au monde et des raisons réelles qui ont mené à ces événements, mais il ne reste jamais assez longtemps avec moi pour cela. Il risquerait de se trouver frappé par les hommes de main de ma conjointe… Comme je hais ce lien qui nous unit !

Il essaie tant bien que mal de se faire une place parmi eux, même auprès de ses demi-frères bien qu'ils aient été élevés par cette dernière dans la médisance et la cruauté.

Angus passe auprès de ma geôle, je sens le coup d'œil mauvais de mon épouse sur lui et quand elle se détourne, je cherche à l'intercepter pour avoir de ses nouvelles et savoir ce qu'il se trame.

— Mon grand, approche s'il te plaît.

— Oui, qu'est-ce qu'il y a ?

— Comment vas-tu ? Se sont-ils calmés avec toi ?

— Je t'avoue que je préférais quand j'étais à l'internat, j'étais bien plus libre que maintenant. Ça avait des avantages et des inconvénients, puisque je ne te voyais pas assez et que j'étais toujours inquiet pour toi. Savoir si j'allais te retrouver et dans quel état surtout ! Mais au moins, pendant que je n'étais pas là, je ne subissais plus les foudres de la harpie et je profitais de la vie, comme un adolescent de mon âge. Aujourd'hui, ce qui me tracasse le plus c'est toi ! Ta santé semble se dégrader, ils te maltraitent régulièrement, c'est dur de ne pas réagir dans ces moments-là ! Tu es si important pour moi. Quand vont-ils te laisser tranquille ? souffle-t-il tristement.

— Mon Angus, j'aime nos instants volés ensemble, même si je préfère quand cela dure plus longtemps. Je ne peux pas te dire quand ils se décideront à me libérer, mais promets-moi de construire ton avenir quoi qu'il arrive, et surtout pars sans te retourner. Tant pis si ça signifie m'abandonner là... Je ne désire que ton bonheur, je veux te savoir comblé et émancipé de toutes contraintes et ainsi faire tes propres choix.

— Je ne m'engagerais pas avec une jeune fille, car j'essaierais de toutes les façons possibles de te délivrer. Je souhaite bâtir ma vie avec toi, je refuse qu'ils continuent à te maltraiter et que tu meures ici à petit feu.

Je serre doucement ses doigts pour lui transmettre mes émotions. Je suis extrêmement touché par ses mots.

— Dis-moi mon garçon, que se passe-t-il ? Il y a beaucoup d'agitation en ce moment.

— Oui, « *la patronne* » a perçu de nouvelles vibrations, apparemment un pouvoir original est en train de naître, il serait soi-disant dangereux qu'il éclose d'après ses affirmations. L'équipe va donc se mettre en route en fin de journée pour l'anéantir.

— Fiston, je t'en prie, ne soit pas aussi intransigeant qu'eux, toute magie n'est pas mauvaise. Il faut faire la part des choses et ne pas permettre à la noirceur de ta belle-mère de te posséder.

— Je te le promets papa, quand nous aurons l'âge d'en faire partie je me souviendrais de tes paroles. Pour l'instant avec les jumeaux, nous aidons simplement à la mise en place ainsi qu'à la préparation des équipements. Et je t'avoue que je n'ai pas hâte d'y être.

— Prends garde à toi, retourne auprès des autres, je n'ai pas envie que tu récoltes des réprimandes par ma faute. Merci, et surtout n'hésite pas à revenir dès que tu peux, ta compagnie me donne la volonté de me battre et de survivre. Et surtout, approche-toi de moi seulement quand tu seras moins surveillé.

— Je repasse dès que possible, moi aussi j'apprécierais de te rendre visite plus souvent, et je te ramènerai quelque chose de plus consistant, j'ai l'impression que tu as encore perdu du poids.

— Tu n'es pas obligé, tu sais que c'est risqué de m'apporter de la nourriture. Allez file et prends soin de toi.

Il me quitte dans un dernier au revoir, je sens mon estomac se nouer au fur et à mesure qu'il s'éloigne et mes yeux s'humidifient. Un ultime regard dans ma direction et il rentre auprès des siens, ces personnes qui se disent sa famille.

Quant à moi, je m'allonge sur mon lit de fortune, je suis peiné par la tristesse de ma progéniture et je trouve tout ce remue-ménage vraiment étrange. Cela faisait des années qu'il n'y avait pas eu de signe de magie... Depuis la mort de mon tendre amour. J'aimerais tant ne plus être un esclave dans ma demeure et surtout être apaisé par tous ces bouleversements que je n'arrive pas à maîtriser depuis tant d'années. Ce souvenir me brise le cœur à nouveau, pourquoi ne puis-je pas remonter dans le passé afin de réussir à la défendre et m'assurer que les chasseurs effectuent le travail qui leur est dévolu depuis la nuit des temps, sans haine ni mensonge... Je ferme mes paupières et m'endors avec le doux sourire de ma chère princesse.

Chapitre 20

Céleste – à la clairière – forêt de Brocéliande.

Aujourd'hui, c'est le dix-septième anniversaire de mes puces, je prends conscience du désespoir qui m'envahit encore plus. J'aimerais tant les serrer tout contre moi, les mettre en sûreté, les voir grandir et évoluer. Même si je suis sensible à l'éclosion de leurs dons, je ne suis que spectatrice et ne peux réellement intervenir dans l'apprentissage et la maîtrise de ceux-ci. Pourquoi me hait-elle à ce point ?

Je décide de sortir de ma modeste chaumière et de jouir des rayons du soleil pour me ressourcer et communier avec Dame Nature. C'est d'elle que nous tenons nos pouvoirs, si profitables à l'humanité… Certains ne les exploitent pas à bon escient et c'est pour cette raison que les chasseurs ont été formés, pour empêcher la naissance et l'utilisation de la magie noire et maléfique. Je soupire en m'asseyant contre mon rocher favori, d'ici je vois la cime des arbres, j'entends les oiseaux et les autres animaux préparer leurs nids pour l'arrivée prochaine des petits. La mélancolie ne me quitte plus ces derniers jours, la tristesse fait couler des torrents de larmes sur mes joues....

Un bruit inhabituel me sort de mes pensées et me force à me diriger vers la clairière. Que se passe-t-il ? Je distingue une voiture, des portières qui claquent et des voix féminines. Je me sens défaillir lorsque je reconnais les personnes qui sont de l'autre côté de la barrière, celle qui m'empêche d'être visible et accessible au monde des humains.

Je reste ici à les espionner, les adultes laissent les trois jeunes filles seules et elles se préparent à allumer un feu. Je souris en imaginant qu'elles ressentent ma présence et qu'elles m'attendent. La soirée avance et je ne me lasse pas de les regarder et de les écouter chanter. Elles semblent joyeuses, pleines de vie et cela me remplit de gaieté. Doucement, je me mets à fredonner lorsqu'elles trinquent et soufflent leurs bougies. J'en profite pour faire un vœu, celui d'être à nouveau réunies toutes ensemble sans aucun danger autour de nous…

Brutalement, je perçois que quelque chose approche d'elles, je me presse encore plus pour apercevoir un gros véhicule cheminer vers le campement. Je reste sur mes gardes, ne sachant pas quoi faire si elles sont attaquées.

Je reconnais alors ceux qui sortent de la voiture, leurs mines sont graves, les femmes ont les yeux rougis et les hommes les soutiennent. Face aux fantômes de mon passé, je prends conscience de mon palpitant qui bat à tout rompre et mes oreilles bourdonnent, quelque chose d'important se prépare...

Les couples marchent vers elles, qui se sont arrêtées de bouger à la vue des nouveaux arrivants. Elles se blottissent les unes contre les autres, soucieuses. Ils s'avancent doucement d'elles en leur murmurant des paroles apaisantes, qui n'ont pas l'air d'être efficaces. En effet, ils ne sont pas censés se connaître ni se côtoyer et cela accentue l'inquiétude des jeunes filles.

Je sens les picotements sur ma peau, leurs capacités se réveillent, leurs sentiments ambivalents sont exacerbés, il faut que j'intervienne avant qu'une catastrophe ne se déclenche. Je m'approche alors de la barricade enchantée et la touche, quand une incantation venue de loin la désagrège instantanément sous mes doigts. Je suis aussi surprise que toutes les personnes qui sont juste en face de moi. Je meurs d'envie d'enlacer les trois adolescentes, mais je sais que je ne vais pas avoir assez de temps. La menace rôde et gagne du terrain telle une ombre malsaine.

— Ne craignez rien mesdemoiselles, je ne vous veux aucun mal. Mes amis, vous courrez un très grand danger, ne restez pas ici un instant de plus ! Vous allez obtenir des réponses à vos questions, mais je vous en prie, partez maintenant !

Kalia, Naïa et Solveig ne semblent pas comprendre ce qu'il se passe, elles sont troublées par la discussion qui a eu lieu avant mon apparition.

— Vite ! Fuyez ! Je dois aussi vous dire que…

Un violent coup de feu retentit brusquement, à une faible distance de nous, tout le monde se met à crier, la panique les gagne. Ne pouvant pas faire autre chose, je leur hurle de s'enfuir le plus loin possible. Les adultes les forcent à monter rapidement dans le monospace et celui-ci s'éloigne tous feux éteints jusqu'au moment où un groupe de six assaillants arrive ! Je les repousse en utilisant mon aptitude, mais l'un d'eux cherche à me surprendre en approchant par-derrière. Je me protège et à l'instant où une flèche aurait dû m'atteindre, je reconnais Malaury ! Je m'apprête à riposter, mais un autre envoûtement plus puissant m'éjecte à une grande distance de là et je ne vois plus rien… Ils ont disparu ! Je tremble et pleure, pourvu qu'elles soient à l'abri à l'heure qu'il est !

Chapitre 21

Claire, chez les parents de Kalia

Le trajet de retour à la maison se fait dans un silence de plomb, elles restent prostrées dans leur coin. Leurs prunelles sont vides et les larmes dévalent leurs joues. Cela les a beaucoup perturbées que l'on arrive tous ensemble, elles nous l'ont bien fait comprendre. Nous n'étions pas censés nous connaître, nous avons été assez virulents dans nos paroles pour qu'elles quittent sur-le-champ les lieux, comme Céleste nous le demandait. Seule leur sécurité nous importait et nous n'avons pas pris de pincettes ni le temps de tout leur expliquer. Nous les regardons à la dérobée sans réussir à entamer une conversation avec elles. Comment allons-nous aborder ce sujet si sensible ? Cela fait tant d'années que nous leur cachons la vérité… Nous redoutons leurs réactions face à tous ces mensonges.

Avec les parents de Kalia et Solveig, nous avons toujours mis un point d'honneur à ne plus nous contacter ni nous voir de sorte qu'elles n'aient jamais l'occasion de créer des liens entre elles et ne puissent pas développer leur vraie nature. Tout a été fait pour qu'aucun danger ne se place au travers de leurs routes… Mais le destin en a décidé autrement ! Contre toute attente, elles se sont retrouvées dans le même établissement et surtout la même chambre. Je souhaitais vraiment que Naïa vive sa jeunesse sans encombre et je voulais que tout ça arrive bien plus tard, quand sa vie d'adulte aurait déjà été bien entamée et non maintenant, à l'âge où tout est à construire. Je me tourne vers Vincent et me blottis contre son torse, à l'instant où Laurent gare sa voiture dans leur allée, elles ne perdent pas de temps à en descendre et montent se réfugier, ensembles, dans la chambre.

Nous nous installons autour de la table de la salle à manger, et c'est Estelle qui brise le silence la première :

— C'est indispensable de tout leur dire maintenant, nous sommes intervenus à temps, mais la prochaine fois ? Il faut absolument les préparer à ce qui les attend, plus vite elles seront prêtes plus vite elles auront les clés en main pour se défendre.

— Elle a raison, ajouté-je tristement, je n'imagine même pas ce qui aurait pu leur arriver. Elles sont toutes si précieuses à nos vies… Il est temps d'aller les chercher et qu'elles découvrent la vérité sur leur venue au monde et tous les mystères qui les entourent.

Laurent se met debout, inspire et expire un bon coup pour, semble-t-il, trouver le courage d'y aller et ainsi tout leur dévoiler. Je peine à retenir mon chagrin, nous sommes tous très bouleversés par ces dernières minutes, le moment est tellement chargé en émotions.

Laure s'active pour revenir quelques instants plus tard avec diverses boissons chaudes afin d'adoucir nos cœurs meurtris. Nos enfants arrivent peu de temps après avec notre cher Laurent, elles ont les yeux rougis, le visage fermé, elles prennent place côte à côte, le plus loin possible de nous. Laure leur sert un thé pour les détendre, mais cela n'a pas l'air de fonctionner.

Le mari d'Estelle se racle la gorge, se redresse tant bien que mal de sa chaise, il semble prêt à prendre la parole immédiatement et j'avoue que j'en suis profondément soulagée.

— Nous tenons à vous confier tous les détails vous concernant. Il faut que vous sachiez d'abord que tout cela a été fait par amour pour vous, pour vous protéger. Et surtout parce que nous sommes liés par une ancienne promesse. Je me doute que des tas de questions fusent dans vos méninges, vous ressentez sûrement beaucoup de rage aussi, mais s'il vous plaît, laissez-nous vous expliquer toute cette histoire. Nous vous donnerons la parole juste après et répondrons à toutes vos interrogations.

Elles hochent la tête, il continue donc à dévoiler petit à petit notre secret :

— Comment amorcer cette discussion ? Nos assaillants de ce soir sont des chasseurs. C'est une faction qui existe depuis très longtemps, ils sont les gardiens de l'équilibre du monde magique. Il y a des décennies, divers bouleversements ont eu lieu et les magiciens noirs, représentant le Mal absolu, ils sont en augmentation constante, toujours plus dangereux envers leurs confrères et les humains. Ils ont donc été formés pour les traquer et les anéantir. En effet, certains naissent avec des dons extraordinaires, ils sont les descendants directs des sorcières. À vos airs perplexes, je sais déjà quelles explications vous allez demander…

Elles acquiescent et il reprend son récit, il devient nerveux et se tord les doigts dans tous les sens, danse d'un pied sur l'autre, aucun de nous n'ose l'aider, nous sommes tous inquiets face à ce qu'il s'apprête à dévoiler :

— Vous êtes des sorcières ! lance-t-il brusquement.

La première bombe est lâchée, je me crispe, attendant une réaction de l'une ou l'autre… À ma grande surprise, seul le calme lui répond. Nos adolescentes le fixent, estomaquées.

Elles se tournent vers nous afin d'avoir notre confirmation, ce que nous faisons un par un. Vincent décide de prendre la relève et fait signe à son pote qu'il va raconter la suite.

— Je comprends que tout ceci vous semble invraisemblable, mais c'est la vérité…

C'est le moment que choisit Kalia pour bondir sur ses pieds, elle fulmine, sa fureur est palpable, sa voix est rageuse.

— Vous êtes inconscients ! À cause de tous vos mystères, nous sommes en danger ! Le péril nous guette depuis notre rencontre, mais pourquoi ? Nous ne sommes que trois jeunes filles qui se sont connues par hasard il y a peu de temps !

Plus elle s'énerve et plus l'atmosphère change, elle devient lourde, étouffante. Le sol commence à bouger de plus en plus, les bibelots et les cadres photo tombent un à un. Nous ressentons comme un tremblement de terre, cela nous est maintenant difficile de tenir debout. Nous nous rendons compte de l'étendue de leurs dons et qu'ils dépendent de leurs émotions. Il faut que Naïa se jette à son cou et que Solveig l'enlace pour qu'elle se calme enfin et que tout se retransforme progressivement, sans heurt.

Nous attendons tous qu'elle aille mieux et mon époux reprend la parole, ce moment de colère l'a épuisée, un instant de repos lui est indispensable, entourée de Naïa et Solveig, ainsi qu'une tasse de thé et des gâteaux pour qu'elle soit apte à entendre la suite.

— Ce que je vais maintenant vous annoncer est clairement le plus difficile, pour nous tous, à avouer… Tu nous demandes pour quelles raisons vous êtes concernées… Parce que vous êtes… sœurs, des triplées même, dit-il d'une traite en sanglotant.

Il recouvre son souffle, malgré les trémolos dans la voix, il continue :

— Nous craignions terriblement de vous le dire, nous vous aimons tant ! Seul le temps vous permettra d'encaisser tout cela et nous espérons que vous nous pardonnerez. Votre vraie maman, une magicienne puissante et bienveillante, est la proie de ces guerriers depuis sa jeunesse. En effet, elle a vécu une histoire d'amour avec l'un d'eux et le clan ne l'a pas supporté. Ils l'ont traquée et blessée, c'est ainsi qu'elle a rencontré Lilian, votre papa biologique. Il l'a sauvé d'une élimination certaine en la soignant et en la dissimulant chez lui. Au bout d'un moment, leur attachement est devenu de l'amour et vous êtes le fruit de ce nouveau bonheur. Malheureusement, ceux qui lui en voulaient ont retrouvé sa trace. Ils ont attaqué et en vous protégeant, son homme a trouvé la mort. Ce n'était qu'un simple humain, il n'a pas pu se défendre contre ces brutes !

Vous n'étiez pas très vieilles quand ce malheur s'est abattu sur vous. Par conséquent, dans le but de vous soustraire à cette folle, elle a décidé de nous confier votre garde. Nous lui avons promis de vous aimer, vous élever comme si vous étiez notre chair. Pour cela, elle a jeté un sort afin de dissimuler votre marque de naissance, que vous voyez apparaître sur votre main. Elle a également endormi vos aptitudes. Celui-ci devait disparaître lors de vos retrouvailles. Pour plus de sécurité, il a fallu vous séparer et nous avons donc rompu tout contact...

Solveig se lève et pose LA question tant redoutée :

— Donnez-nous son nom ! Vous êtes obligés de nous répondre !! Nous ne supporterons pas un mensonge de plus !!! crie-t-elle.

Je décide à ce moment-là qu'il est grand temps de prendre la parole, j'avale ma salive avec difficulté et un nœud se forme au creux de mon ventre, un léger frisson me traverse. Je sais que tout ça va changer définitivement nos vies, que plus rien ne sera pareil et surtout que l'on ne pourra plus du tout revenir en arrière. J'inspire et expire une dernière fois et je nous délivre de l'ultime secret :

— C'est la jolie femme rousse qui est apparue tout à l'heure dans la clairière et qui nous a ordonné de fuir. Ne lui en voulez pas, elle ne souhaitait que votre bonheur, ça a été un déchirement pour elle de vous abandonner alors qu'elle était déjà en plein deuil. Elle a accompli la plus belle chose qu'une mère puisse faire pour vous protéger.

— Comment s'appelle-t-elle ?

Je balance enfin la dernière confidence, très émue, les dés sont jetés. Tous sont tournés vers moi et attendent que je prononce SON prénom. Mes amis retiennent leur souffle, les larmes dévalent nos joues ainsi que celles de nos filles qui, elles, me regardent comme le Messie. Je pensais être effrayée, mais non, à ce moment-là, le nœud se transforme en un soulagement. Ça y est, nous ne leur cachons plus rien, j'ai l'impression d'enfin respirer, que depuis tout ce temps je n'étais qu'en apnée. C'est une délivrance pour tout le monde.

— Elle s'appelle Céleste…

Chapitre 22

Céleste

Mon Dieu, je suis encore toute chamboulée après l'attaque des chasseurs, je sens toujours l'animosité de Malaury au plus profond de mon âme. Malgré toutes ces années, elle m'en veut continuellement, mais c'est pourtant à cause d'elle que les hommes de ma vie sont morts. Sa haine et celle de son camp m'ont mise plus bas que terre, je me demande souvent comment j'ai fait pour parvenir à surmonter ces pertes. Parfois je souhaiterais remonter le temps et finir par les sauver, qu'il ne me rencontre jamais. Ou que je parte avant que tout vire à ce drame qui me hante sans cesse. Tout au moins, changer le regard qu'ils portent sur ma famille et les autres sorciers. Nous ne sommes pas tous mauvais, mais si je le faisais, mes magnifiques filles ne seraient pas là. Grâce à Lilian, à sa patience et à son amour, j'ai réussi à me reconstruire, à faire confiance à nouveau. J'ai fini par éveiller de doux sentiments à son égard, et c'est ainsi que nos petites fées sont arrivées. Elles ont été profondément désirées et la seule chose que je regrette c'est qu'elles soient en grand danger à cause de vieilles rancœurs qui n'ont plus lieu d'être.

Depuis leur départ précipité de la clairière, je tourne en rond, je ne parviens pas à me calmer et cela m'empêche de savoir si elles sont en sécurité, en bonne santé ou blessées. Mes pouvoirs sont malheureusement peu enclins à m'aider et me réconforter, je suis encore trop ébranlée pour stabiliser mes angoisses.

Mon cœur de maman saigne, les avoir vues en danger et ne pas pouvoir être à leurs côtés en ce moment même me bouleverse. Mais avant tout, j'aurais vraiment apprécié de pouvoir leur parler plus longtemps, les serrer dans mes bras et finalement sentir leur parfum. Elles me manquent tant, chaque heure qui passe est un enfer.

Je m'assois, reprends peu à peu mes esprits et réfléchis à un autre moyen de parvenir à les contacter pour être enfin rassurée. J'ai besoin d'avoir des réponses à mes questions, je ne trouverais pas le repos sans cela. J'espère avoir le temps un jour de remercier ma famille de cœur pour tout ce qu'ils ont fait pour moi.

Mais que savent-elles maintenant ? Connaissent-elles nos liens familiaux ? Ont-elles accepté leur nouvelle condition ? M'en veulent-elles ? Comprennent-elles nos décisions ?

L'angoisse m'envahit de nouveau, si jamais elles me détestaient, comment réagirais-je ? Après, je peux l'entendre, je les ai abandonnées, même si c'était pour les protéger. Elles peuvent ne pas avoir envie de me rencontrer. Vont-elles réussir à tous nous pardonner ? Ils ont eu la chance de les voir grandir, évoluer au fil des ans et devenir les magnifiques jeunes femmes qu'elles sont aujourd'hui. Je sais que je leur dois des explications franches et en face, mais le voudront-elles ? J'aimerais observer leurs réactions face à toutes ses révélations afin d'assimiler leurs sentiments et leurs craintes. Je retourne dans ma maison pour un dernier essai, malheureusement je n'y parviens toujours pas ! En effet, je ne peux interagir que dans leurs rêves pour l'instant. Notre lien n'est pas encore tout à fait consolidé, même si maintenant j'y arrive plus facilement. Avec tous les événements de ce soir, elles doivent être agitées, angoissées et ne doivent pas trouver le sommeil. Je dois m'armer de patience quitte à rester éveillée des jours durant pour avoir de leurs nouvelles.

Chapitre 23

Estelle et Olivier

La soirée a été éprouvante pour tout le monde, après ces premières confessions à nos enfants, Laure et Laurent ont préféré que l'on reste chez eux. Nous nous sommes donc installés dans les pièces inoccupées. Nos adolescentes, quant à elles, ont du mal à accepter tous ces non-dits. Après nos révélations, elles se sont directement enfermées dans la chambre de leur aînée. Je m'étais pourtant promis de ne jamais utiliser ce mot, cela me remplit de tristesse.

Je descends avec mon mari, nos vieux amis sont dans la cuisine pour préparer le petit déjeuner, je constate que la nuit n'a pas été bénéfique pour eux non plus, nos yeux sont cernés et rougis par le manque de sommeil.

Nous mangeons dans le calme, nos ados ne sont toujours pas sorties de leur antre, elles doivent encore être sous le choc de la nouvelle. Nous aimerions, malgré tout, aborder d'autres sujets avec elles, il y a cependant tellement de choses à dire et à expliquer. Comment réussir à tout leur annoncer sans les perturber davantage ? Pour l'instant, elles tiennent le coup, mais cela va-t-il durer ? Heureusement qu'elles ont le caractère courageux de leur maman biologique ! Cela va nous aider dans notre tâche, elles seront ainsi mieux armées pour la suite, tout en restant attentifs à leurs émotions.

Nous entendons enfin du bruit dans les escaliers, nous retenons notre souffle. Quel sera leur état psychologique ? Furieuses ? Tristes ? Vont-elles nous en tenir rigueur longtemps ou nous pardonner rapidement ? Tant de questions sont sans réponse pour le moment…

Elles nous rejoignent dans la salle et se nourrissent en silence, le regard dans le vide. Je me racle la gorge et j'entame la discussion avec Solveig :

— Ma puce, est-ce que tu vas bien ?

— Comment veux-tu que ça aille, maman ? Vous accumulez les mystères, les non-dits… non contents de dissimuler notre véritable nature, vous avez brisé le lien le plus important de tous ! Mes précieuses sœurs m'ont été enlevées, alors puisque tu me poses la question, voilà ma réponse : non, ça ne va pas !

— Je le sais ! Nous sommes vraiment désolés pour tout ça, mais vous pouvez admettre que cela demeurait nécessaire pour vous préserver.

— Oui, nous le comprenons. Mais cela va être difficile de regagner notre confiance dans l'immédiat. Vous nous demandez depuis notre plus jeune âge de ne pas mentir, mais vous, vous avez osé pendant dix-sept ans.

J'avale péniblement ma salive, les mots de Solveig me font mal, cela me prend aux tripes, je la déçois et c'est un sentiment horrible.

Nous les laissons finir leur repas et se laver, avant de les inviter à se réunir afin de continuer à retracer leur passé.

Les triplées s'installent dans le canapé côte à côte, elles sont tellement soudées, encore plus depuis nos aveux. Nous prenons place à leurs côtés, elles ne nous regardent pas en face, et quand il se pose sur l'un de nous, nous ressentons de plein fouet leur détresse et leur tristesse.

Olivier parle le premier :

— J'espère tout d'abord que vous ne nous en garderez pas rancune trop longtemps, mais le passé est derrière nous et nous devons avancer. Il reste de nombreuses zones d'ombre à éclaircir, mais pour commencer, voulez-vous nous questionner ?

Kalia prend la parole en premier :

— Vous vous êtes croisées quand ?

— Céleste, Laure, Estelle et Claire se sont rencontrées à la maternelle. Nous nous sommes ajoutés au fil des ans quand les couples se sont formés, réagit Olivier.

Naïa continue à son tour.

— Qu'est-ce qui vous a amené à comprendre que Céleste n'était pas humaine ?

— Par hasard. Elle comptait nous le dire, elle en avait marre de nous cacher la vérité. Nous lui sommes venus en aide lorsqu'elle en a eu besoin dès qu'elle nous le demandait.

Solveig rebondit aussitôt.

— Vous êtes comme elle, vous aussi ?

— Non ma puce, nous sommes de simples mortels, comme on dit dans certains livres, réponds-je en souriant afin de détendre l'atmosphère.

Les filles sont calmes, pas un mot ne monte plus haut que l'autre, elles semblent très intéressées par notre discussion.

Kalia pose à nouveau une question :

— Donc vous connaissez bien Céleste. Que pouvez-vous nous dire de plus sur elle ? Pouvez-vous nous parler de votre jeunesse ?

Ses interrogations sont pertinentes, et me replonger dans le passé me permet d'alléger ma peine et de me sentir plus décontractée.

— Elle était assez discrète, douce, prévenante, sans cesse à l'écoute. Notre amitié a toujours été très forte, nous sommes restées soudées, c'était nous contre tous les autres, et ce, depuis notre plus tendre enfance. Au lycée, nous étions systématiquement dans la même classe et notre complicité continuait de s'accroître. À l'université, nous avons emprunté des chemins différents, pour autant nous étions très heureuses de nous retrouver à la fin des cours. C'est aussi à ce moment-là que les garçons ont pris une place plus importante. C'est d'ailleurs à cette époque que j'ai rencontré ton père, Solveig. Céleste, de son côté, a fait la connaissance d'Audric, un très beau jeune homme, ils étaient éperdument amoureux l'un de l'autre... Néanmoins, l'entourage proche d'Audric n'a pas vu leur couple d'un bon œil.

— Mais pourquoi ? demande Naïa.

— Audric est membre de la plus grande famille de chasseurs, tandis que Céleste est la descendante de la plus puissante des sorciers. Ce sont eux qui vous ont attaquées, il est malheureusement mort lorsqu'il a voulu la sauver de leur haine. Et c'est après cet événement tragique que vos parents se sont rencontrés.

— Mon Dieu ! Mais pourquoi infliger ça à leur fils ? ajoute Kalia, horrifiée.

— Je ne suis pas au courant de toute l'histoire, mais pour eux il était inconcevable qu'un soldat de son rang épouse une magicienne. Et ce qui devait arriver arriva. Elle nous a raconté les grandes lignes, mais elle a aussi gardé sa part de secrets, vous en discuterez avec elle quand vous le pourrez.

Laure m'interrompt :

— Je pense qu'il y a eu assez de confidences pour le moment, vous ne croyez pas ? Peut-être que les hommes pourraient aller récupérer toutes vos affaires à la clairière pendant que nous préparons des en-cas ?

— Oui, c'est une bonne idée, les puces voulez-vous nous aider ? propose Estelle.

Elles se regardent et acquiescent, puis la journée s'écoule calmement.

Chapitre 24

Malaury – Paimpont, domaine familial LE DU – chasseurs.

Nous voilà de retour de la clairière proche de Tréhorenteuc à l'orée de Brocéliande. Cette énième tentative pour capturer enfin cette créature de malheur est encore un échec ! Je fulmine, je voudrais tant qu'elle soit morte ! Je la hais, je rêve de la voir souffrir le martyre, que cela soit si insoutenable qu'elle me supplie de l'achever… Je souhaite le regarder se traîner à mes pieds pour quémander mon pardon, lui infliger mille tortures tout en l'empêchant de rejoindre son amour de jeunesse. Ce traître qui l'a préférée à moi, mais c'est MON mari… Je souris intérieurement en ruminant mes sombres pensées, un jour je mettrais ma vengeance à exécution, je deviendrai alors la cheffe incontestée de ce clan.

Ce minable a sali mon honneur en s'acoquinant avec elle, il a même eu l'audace de lui faire un bâtard… Mes dents grincent tant que mes hommes de main n'osent me parler, ils sont terrifiés par mon courroux et ils ont raison, ma fureur s'amplifie au fur et à mesure que nous approchons de Paimpont.

J'aperçois le toit de la chaumière où je réside avec mes gosses, je vais pouvoir laisser libre cours à ma rage ! Une fois arrêtée devant ma demeure, je descends du 4X4 noir et je hurle immédiatement sur mes subordonnés, ces incapables n'ont même pas réussi à la blesser ! Mes consignes étaient pourtant claires, aucune pitié, aucun échec ne serait toléré, cette histoire dure depuis trop longtemps. Tant qu'elle sera en vie elle restera une menace pour mes fils et moi. Je compte exterminer cette tribu de sorcières et rien ni personne ne pourra m'en empêcher.

— Toi là-bas, range le matériel, Greg, nettoie les armes ! beuglé-je.

— Oui m'dame, à vos ordres !

Mes deux gars sortent à l'instant de la maison et s'approchent de moi prudemment. Aucune effusion d'affection n'est tolérée, je ne supporte pas la faiblesse des sentiments familiaux. Oui j'ai eu des enfants — heureusement des mecs — ils prendront ma suite lorsque j'aurai trouvé le moyen de me débarrasser d'Angus et surtout, d'Audric ! Ce salop me dégoûte !

— Quelles sont vos exigences, mère ? me demande Adriel.

— Briefing avec la troupe composant l'expédition dans trente minutes, va aménager la salle avec Aaden, imposé-je.

Ils partent immédiatement préparer le nécessaire et les tables, je me dirige vers la cellule de mon cher époux, je veux lui faire payer cette défaite. J'arrive devant lui, il me tourne le dos, il est torse nu, son corps athlétique luit de transpiration, les cicatrices sont presque guéries maintenant, il est grand temps de le bousiller un peu plus.

J'entre dans son antre sans lui demander son avis, il n'a de toute façon aucune possibilité de m'interdire quoi que ce soit. Grâce à mon intervention, ses parents ont été exilés à cause de sa traîtrise, du coup ils le détestent et l'ont renié. C'est ainsi que je suis devenue la seule et unique cheffe du domaine, il ne peut plus exercer son droit de véto sur les agissements ni sur les décisions que je prends.

— Tourne-toi ! claqué-je brutalement.

Il sursaute, surpris, se tend au son de ma voix. Il pose lentement ce qu'il avait dans la main et se retourne, le visage baissé.

— Je vois que tu as bien retenu la leçon, tu gardes les yeux au sol lorsque je te parle. Brave esclave, j'aime que tu obéisses...

Je marche autour de lui, il ne sait pas ce que je lui veux, je sens son stress monter d'un cran. Je jubile, je vais pouvoir me défouler sur lui avant de me rendre à la table ronde ! Je cherche un objet qui pourrait me servir à l'entailler légèrement. Je repère son rasoir à main, il continue d'utiliser ce vieux coupe-chou, cela va m'être pratique pour le marquer.

— À genoux ! vociféré-je.

Il ne réagit pas assez vite alors je lui donne un coup de pied dans la jambe. Il gémit de douleurs et tombe à terre, il essaie de contenir ses cris, j'exulte.

— Je vais te scarifier mon chéri, je vais prendre tout mon temps afin que tu apprécies chaque passage de ta lame sur ta peau hâlée, tu vas endurer tout ce que j'ai envie de te faire subir sans un bruit, tu vas être l'exutoire de ma haine.

Il se recroqueville un peu plus sur lui, ses muscles se tendent, attendant l'impact… qui ne vient pas ! Relâchant légèrement sa défense et attentif aux moindres de mes mouvements, je fonds sur lui à la vitesse de l'éclair et le taillade du haut de l'épaule droite jusqu'au flanc gauche. Son hémoglobine goutte sur le sol, je me délecte de cette merveilleuse vision, sa souffrance décuple. Je recommence ainsi mon petit manège, mais je suis interrompue dans mon élan par la voix d'Angus :

— Maîtresse, votre salle est prête selon vos désidératas. Ils vous attendent au garde-à-vous, Adriel m'a sommé de venir vous prévenir et de vous y escorter.

Je me redresse, relève la tête vers ses iris verts, le dévisage longuement avec tout le mépris qu'il m'inspire, et le gifle vivement.

— Qui t'as permis d'ouvrir la bouche, bâtard ?

Il recule sous la puissance de l'insulte, mon époux bouge et cherche à se lever pour protéger son rejeton. Je lui appuie sur le dos avec force, il chute de nouveau et ses lésions s'élargissent plus encore, il s'évanouit. Son gamin blêmit, courbe l'échine et se soumet à mon autorité.

Je quitte la pièce sans un regard vers celui qui gît à présent au sol, ses plaies sont béantes et saignent. Ce tableau est magnifique, je suis nettement plus détendue. Maintenant, direction l'assemblée, nous devons percer le mystère autour de Céleste et de ces trois jeunes filles qui étaient près d'elle. Qui sont-elles ? Pourquoi peuvent-elles la voir et lui parler ? Qui étaient ces gens à côté d'elles ?

Toutes ces nouvelles questions méritent de trouver des réponses et vite, ma patience a des limites et je ne vais pas pouvoir masquer ma vraie nature encore longtemps...

Arrivée dans la salle de réunion, j'examine la posture de chacun des chasseurs présents. Ils sont tous tendus, stressés et j'adore ça ! Les soldats sont au garde-à-vous, attendant que je finisse mon inspection. Mes fils n'échappent pas à la règle, personne n'a le droit de m'observer, ils sont attentifs à chacun de mes mouvements, aux aguets.

— ROMPEZ ! hurlé-je.

Tous obéissent immédiatement. Je m'installe avec fracas à mon bureau de fortune, puis j'aperçois un sac sur l'une des tables.

— Luc, qu'est-ce que c'est que ce bordel ? Pourquoi n'as-tu pas rangé tout le matériel ??

— Madame, explique-t-il, apeuré, ce sont les affaires des adolescentes qui étaient présentes à la clairière. J'ai jugé que vous voudriez les examiner…

— Tu oses penser ? ricané-je… Apporte-moi ça que je vérifie ce que vous m'avez ramené !

Chapitre 25

Céleste – à la clairière

Le tumulte de mes pensées m'empêche de trouver le repos, alors je fredonne la douce mélodie de leur naissance. Cela m'apaise, j'imagine leurs frimousses de bébé, leur subtil parfum et la chaleur de leurs mains quand elles étaient sur moi. Une larme nostalgique se fraye un chemin, je l'efface avec mon mouchoir.

Je me concentre sur les derniers événements, je sais qu'elles sont saines et sauves sinon leurs présences se seraient éteintes brutalement dans mon cœur. Je suis rassurée !

Je crois que mes vieux compagnons de route doivent leur raconter toute la vérité et je crains qu'elles ne réagissent pas très bien. Je sors prendre l'air, je m'installe confortablement dans mon fauteuil préféré et je m'égare dans la contemplation des étoiles. Mon âme s'harmonise au rythme de la Nature, je suis détendue.

Soudain, je discerne les paroles de mes princesses. Elles sont angoissées, perdues, alors je me décide à entrer en contact avec elles.

« Les filles ? Vous m'entendez ? Concentrez-vous sur ma voix et vous pourrez me parler, c'est dans vos aptitudes. »

J'attends un petit moment, puis timidement elles me répondent.

« Céleste, est-ce toi ?

« Oui... »

« Est-ce vrai ce que nous avons appris tout à l'heure ? Tu es réellement notre mère ? Nous sommes bien des triplées ? »

Je décide de jouer franc jeu et de satisfaire leur curiosité bien naturelle.

« Tout d'abord, je veux vous dire que je suis désolée que vous soyez en danger à cause de moi. Et oui, je suis effectivement celle qui vous a mis au monde... Malheureusement, Lilian, votre père, est décédé quelques mois après votre naissance, je peux vous dire que vous en avez quelques traits physiques et que toi, Kalia tu as son caractère explosif ! »

À ces mots, je les sens se relaxer, alors je continue mon récit.

« J'ai pris la décision la plus difficile de ma vie lorsque j'ai demandé à mes amis de vous adopter. C'était une question de survie... J'espérais qu'avec le temps, la rancœur de cette chasseresse se serait tarie et qu'on l'on pourrait donc se

réunir. Mais je me suis lourdement trompée et vous voilà sous les projecteurs. Il va vous falloir être fortes, mes chéries, vous allez apprendre à développer vos dons avec vos parents, je vous soutiendrais par télépathie et je vous guiderais le plus possible. Je ne peux pas vous rejoindre pour l'instant dans votre monde, cela comporte encore trop de risques. Mais comptez sur moi ! Expliquez-moi vos pouvoirs, je vais déjà mettre un nom sur vos capacités et ce qu'elles englobent. »

« Moi, je provoque des tremblements de terre, dit Kalia. »

« Pour ma part, c'est l'eau qui semble me posséder, précise Naïa. »

« Le feu part de ma main, ajoute Solveig. C'est effrayant quand cela se produit ! »

« Vous ne craignez rien, il va juste falloir s'exercer à juguler vos émotions, plus elles seront fortes, plus les manifestations seront puissantes. Et la colère peut amener vers le côté obscur de la magie, ne prenez jamais ce chemin ! »

Elles me chuchotent de concert, un oui apeuré.

« Alors Solveig tu possèdes le don de pyrokinésie, il te permet de contrôler les flammes, la foudre, tout ce qui est lié de près ou de loin au feu. Il est indispensable pour soigner ou pour aider ceux qui en ont besoin. Kalia, c'est la géokinésie. Tu peux former tout ce que tu souhaites grâce aux éléments

qui composent le sol, des armes de protection, des tremblements de terre, des murs, des maisons, mais aussi des emplâtres pour traiter... Naïa, ma puce, tu maîtrises l'eau, l'hydrokinésie. Elle est essentielle à toute forme de vie. Tu peux tout faire, bouger les océans comme hydrater quelqu'un ! Je vous aiderais à additionner tout cela pour amplifier vos défenses. J'espère avoir répondu à vos questions, si vous avez besoin de me contacter, concentrez-vous sur mon nom et appelez-moi dans votre esprit et je serais là, quoi qu'il arrive. Nous sommes connectées grâce à notre lien familial, je perçois chacun de vos sentiments et vous, les miens... »

Je perds notre discussion, elles doivent se reposer maintenant. Je suis contente de notre première vraie conversation, j'aimerais tant avoir de véritables relations mère-filles... Seul l'avenir nous le dira !

Chapitre 26

Angus – Paimpont

Je suis enfin de retour dans ma chambre pour quelques heures de repos bien méritées ! Je soupire bruyamment en enlevant mes fringues détrempées par la sueur, les réunis d'un coup de pied rageur, avant de me diriger vers ma douche. Dans mon existence sans tendresse, j'ai quand même la chance d'habiter dans une chaumière immense, qui me permet d'avoir un espace de vie respectable, j'ai un bureau, des sanitaires personnels, seule la cuisine est commune et me force à les côtoyer.

Je fais couler l'eau, la règle sur la bonne température et m'installe sous le jet brûlant pour évacuer tous les sentiments que je garde enfouis au plus profond de mon être. Les larmes ruissellent et se mêlent aux flots, je laisse mon chagrin s'exprimer pour éviter d'imploser.

En effet, ici, les hommes ne pleurent pas, ils doivent rester maîtres de leurs émotions, et selon Malaury, je ne dois rien ressentir du tout puisqu'un « *bâtard n'est rien de plus qu'un déchet* » ! Comment peut-elle me balancer ces horreurs ? Et surtout, pourquoi ?

Je ne connais pas les circonstances de ma naissance, je n'ai jamais senti les bras affectueux de ma mère ni la puissante bienveillance de mon père durant mon enfance. Je l'ai toujours vu enfermé dans cette dépendance, transformée en prison, avec le minimum de confort et sans intimité. Ici, au domaine familial, il est considéré comme un paria, un traître. Mes grands-parents ont voulu m'élever à leur manière, mais Malaury en a décidé autrement. Je devais effectuer mes preuves et lui démontrer que je pouvais être un brave petit soldat, répondant à chacun de ses ordres ! Et ce, depuis mon plus jeune âge…

Je me lave consciencieusement en regardant les cicatrices laissées par les coups de fouet, de bâtons reçus de la part de ma belle-mère. Elle m'a nourri avec les restes, ses enfants passaient toujours avant moi. S'ils faisaient une bêtise, j'étais châtié. Je me frotte avec rage pour supprimer mon dégoût de moi-même, je me déteste de ne pas savoir lui tenir tête !

Je sors rapidement, attrape une grande serviette, m'enroule dedans et m'approche du lavabo et du miroir. Physiquement, je ressemble beaucoup à Audric, en dehors de mes yeux qui sont verts. Peut-être un trait de ma famille maternelle ? Je possède une large carrure qui plaît aux filles, et j'en profite lors de mes soirées de repos, en laissant ma proie du moment s'en repaitre. En général, les femmes regardent avec incompréhension l'immense tatouage qui couvre l'intégralité de mes omoplates et les arrières de mes bras : celui-ci représente mon côté angélique avec une aile aux plumes pures d'un être céleste, et de l'autre, une noire, démoniaque, témoin de ma face ténébreuse. De plus, il cache un certain nombre de marques laissées par mon bourreau.

Je voudrais bien avoir une gonzesse sous la main, pour liquider mon ressentiment dans la chaleur d'un corps accueillant, et ainsi vider mon cerveau durant quelques heures. Malheureusement, ce soir, ce ne sera pas possible. Je sors de ma salle de bains, enfile un caleçon et un t-shirt propres avant de me glisser sous la couette.

J'attrape un livre où se mêlent magie, héroïne forte et héros tombant sous le charme de la demoiselle ! Sous mon air de gros dur se cache un cœur empli d'espoir et d'amour, qui ne demande qu'à s'exprimer.

Au bout d'un moment, mes yeux se brouillent, mon bouquin chute sur le lit, mon esprit vagabonde. Alors que je sombre dans le sommeil, j'entends une mélodie inconnue jusqu'alors et sa douceur se disperse dans mon corps. Un sourire béat naît sur mon visage.

Chapitre 27

Kalia

À peine le temps de terminer d'aider nos proches à la préparation des en-cas, Laurent, Olivier et Vincent arrivent avec nos sacs, enfin ce qu'il en reste. Nous sommes abasourdies par le peu de choses qu'ils déposent dans l'entrée.

— Mais où sont passées toutes nos affaires ? Nos téléphones ?

— Nous sommes désolés, me déclare papou, nous n'avons trouvé que ça.

Vincent prend la parole à son tour.

— Nous pensons que les chasseurs ont dû tout embarquer afin de pouvoir enquêter sur vous.

— Mais comment communiquer sans nos smartphones ? Nos amis doivent être inquiets, ils devaient nous appeler cette nuit pour nous souhaiter notre anniversaire, dit Naïa stressée.

— Nous les ferons bloquer en boutique dès aujourd'hui. Vous aviez toutes un mot de passe ? nous demande papa.

— Oui, mais tu ne crois pas qu'ils pourraient réussir à les pirater ? poursuit Solveig.

— Peut-être, mais autant essayer de ne pas leur faciliter la tâche ! Cela nous permettra de mettre en place un moyen de tous nous protéger contre eux, réplique son père.

— Mangeons et partons les acheter, ça vous fera un cadeau supplémentaire, avant de vous offrir les autres quand les choses se seront tassées.

Chaque adulte acquiesce et nous nous blottissons contre eux pour un câlin chaleureux et apaisant.

Nous déjeunons rapidement et prenons la route du centre commercial le plus proche afin de choisir nos portables. Nous avons dû inventer une histoire, déclarer qu'ils étaient perdus, pour éviter de porter plainte pour vol à la gendarmerie. Et il nous est impossible de préciser les réelles circonstances de leur disparition. Par chance, nous avons pu conserver nos numéros, ainsi quand nous serons de retour, nous contacterons nos acolytes, sûrement très inquiets. Un mensonge semble bienvenu pour le moment, inutile de les angoisser à distance, mais que pouvons-nous leur dévoiler ? Nous avons toute confiance en eux, sont-ils prêts à entendre nos explications ?

Une fois à la maison, nous prenons le temps d'installer nos puces et applications, puis nous ouvrons WhatsApp, et là, une multitude de messages affluent. Nous ne parvenons même pas à tout lire, tant les textos reçus défilent rapidement. Nous ressentons immédiatement l'anxiété dans laquelle ils sont. Nous parcourons les derniers arrivés, puis nous décidons de monter dans ma chambre et de joindre notre groupe. Ils apparaissent un par un et commencent à nous inonder de questions, mais nous leur demandons de parler chacun leur tour.

— Mais que s'est-il passé cette nuit ? Nous avons essayé de vous appeler un nombre incalculable de fois et ce sont des vieux qui nous ont répondu. s'informe Sacha.

— Nous nous les sommes faits voler, et nous venons juste de rentrer après avoir réalisé les démarches nécessaires, nous avons ainsi pu en acquérir de nouveaux pour vous rassurer, déclare Solveig.

— Vous avez vu leurs visages ? s'enquiert Naïa.

— Non, ils s'arrangeaient pour qu'on ne les distingue pas, mais ils nous ont réclamés des renseignements précis sur vous trois, prévient Maël.

— De quelles sortes ? demandé-je.

— À qui appartiennent ces mobiles. Où habitent-elles… ce genre de choses. répond Manon.

Nous devenons toutes les trois livides face à leurs mots. Xavier parle à son tour et nous rassure.

— Mais ne vous inquiétez pas, nous sommes restés muets. Ils nous ont fait passer un véritable interrogatoire, et cela ne nous a pas paru logique, puisque c'était plutôt à nous de les questionner.

Nous reprenons peu à peu des couleurs face à ses affirmations. Ils sont vraiment géniaux ! Nous continuons, un moment, de bavarder de choses plus légères et laissons enfin notre mignon petit couple profiter d'un instant en tête-à-tête.

Avec Solveig, nous rejoignons notre famille et décidons de leur rapporter quelques-uns des détails de notre échange, ils se regardent tous avec appréhension. Naïa descend peu après nous.

Nos parents conviennent qu'il est grand temps de leur préciser les circonstances d'émergence de nos pouvoirs, afin de mettre en place des activités et ainsi réussir à nous défendre seules, en pleine conscience de nos dons. Nous relatons la conversation que nous avons eue avec Céleste et du fait qu'elle a pu nous apprendre les noms de nos différentes capacités, ce qui facilite considérablement notre dialogue avec eux.

Naïa commence donc à expliquer les événements qui ont eu lieu à la piscine et le fait qu'elle se sert de l'hydrokinésie. Puis Solveig parle du théâtre, de sa peur et de la pyrokinésie, tandis que je termine par le moment où j'ai découvert la géokinésie.

Nous concluons cette discussion sur un accord commun de nous former chacune de notre côté, sous leur surveillance et leurs conseils. Nous devons absolument apprendre à détecter les sentiments qui les déclenchent afin qu'ils ne se déclarent pas en public, mais plutôt lorsque nous le choisissons.

Nous prenons place dans le jardin familial, comme il n'y a aucun vis-à-vis, cela facilite les choses. En effet, notre terrain est entouré de hautes haies de différentes variétés et nous avons aussi un petit taillis où s'écoule un ruisseau. Vincent et Claire décident donc de rejoindre le point d'eau pour entraîner Naïa, tandis qu'Olivier et Estelle s'éclipsent avec Solveig à l'orée du bois, pendant que nous restons sur notre terrasse.

— Ma puce, nous avons un peu épaulé Céleste lors de son apprentissage. Nous connaissons quelques techniques de maîtrise de soi qui vous aideront tes sœurs et toi. Donc si tu le veux bien nous allons commencer par une séance de yoga, nous avons trouvé des tutoriels sur YouTube.

— Ok. Installons-nous.

Nous l'exécutons tous les trois pour resserrer nos liens, pendant quarante minutes. Cela nous détend, je renouvellerai avec plaisir.

Ensuite, vient le moment où ma concentration doit être à son maximum, car je dois prendre conscience du moment où la magie s'éveille en moi, pour créer de petits séismes sans gravité, les rendre petit à petit plus intenses sans pour autant alerter les voisins.

Nous passons le reste de l'après-midi à exécuter chaque exercice avec ardeur pour être au top en cas d'attaque. Vers la fin de la journée, nous commençons à être épuisées, devoir nous servir autant de notre sorcellerie pompe notre énergie. Notre entourage nous confirme que c'est normal, et qu'au fur et à mesure de nos préparations, nous réussirons à mieux nous canaliser et ainsi puiser notre puissance dans notre environnement.

C'est sur ces dernières paroles que nous filons à la douche, puis après un dîner rapide tous ensemble, nous montons aussitôt nous coucher. Le sommeil nous submerge dès la tête posée sur l'oreiller. Cette tempête émotionnelle nous a mises à plat !

***

Nous continuons de nous entraîner autant que possible, seules, avec nos familles, toutes les trois et avec l'amour et les conseils de nos proches, nos liens, ainsi que nos pouvoirs se consolident et se renforcent tous les jours un peu plus.

Nous n'avons pas eu de nouveaux contacts directs avec Céleste. Nous appréhendons de retourner à cet endroit, lieu de peurs et de joies mêlées.

Les cours se suivent, notre petit couple passe un maximum de temps ensemble, entre deux séances d'exercices et de méditation.

Deux mois se sont écoulés depuis toutes les révélations qui ont failli déstabiliser nos foyers. Nous faisons chacun des efforts et cela paie, notre complicité réveille celle de nos parents, nous sommes tous soudés maintenant !

Nous voilà en juin…

Chapitre 28

Naïa – lycée de Bréquigny – juin 2019

Nous sommes avec madame Mervent dans la grande salle prévue pour l'exposition de nos œuvres artistiques imaginées durant l'année scolaire qui vient de s'écouler. Nous avons de nombreuses peintures, de sculptures, de gravures et de dessins à mettre en valeur, à classer par sujet abordé… Je suis tout à fait dans mon élément, je me sens sereine malgré la pointe d'appréhension qui grossit doucement en moi. En effet, celle-ci est ouverte au public, aux parents donc, mais aussi à la population de la ville et des environs. Cela représente beaucoup de monde et je ne suis pas totalement à l'aise pour parler de mes créations à des inconnus !

Notre professeure nous encourage, nous félicite sur la qualité de notre travail, elle a sans cesse un mot gentil qui aide, rassure et renforce notre confiance en nous. Je l'apprécie vraiment, elle est naturelle, sympathique et toujours bienveillante dans ses propos.

— Naïa, peux-tu apporter ta toile « *la mystérieuse femme rousse* » s'il te plaît ? me demande-t-elle.

— Oui bien sûr, j'arrive, réponds-je en souriant.

Je lui amène avec moult précautions, je l'ai peint lors de mon premier cours. En y repensant, je suis émue, j'ai devant moi le portrait de ma mère biologique, certains détails manquent bien évidemment, elle est si belle…

Je sursaute en sentant une main se poser sur mon épaule, je me retourne un peu trop vite et elle m'échappe.

— Attention ma puce, n'abîme pas ta sublime réalisation !

— Xavier ! Mais tu m'as fait peur, idiot !

— Pardon, rit-il, tu semblais partie loin dans tes réflexions et je voulais t'aider à porter ton tableau.

— Merci, lui dis-je en rougissant.

Je confie enfin mon œuvre à ma prof et je me recule en attrapant les doigts de mon petit-ami, afin de regarder l'effet de celle-ci sur le mur blanc.

Il me prend dans ses bras, il est autant bouleversé que moi, pourtant lui aussi a un talent fou ! J'appuie ma tête contre son torse, son menton se pose sur le haut de mon crâne et nous levons les yeux vers ma toile. J'ai la sensation de sentir la présence tendre et chaleureuse de Céleste, ma tache chauffe doucement, mon cœur se gonfle de bonheur. Je sais qu'elle est là !

— Vous pourriez faire une œuvre vivante les amoureux ! crie Sara de l'autre bout de la pièce.

— On devrait les recouvrir d'argile ! s'exclame Manon, on aurait une statue magnifique et on pourrait l'appeler « les tourtereaux contemplatifs ».

— Mais vous avez fini de les embêter, riposte Léa.

Mon petit-copain se détache de moi en s'esclaffant et je fais semblant d'être fâchée de l'irruption de mes trois amies. Elles ont achevé d'implanter leurs différentes réalisations et elles viennent voir où j'en suis. Le groupe des garçons a déjà terminé la première partie du boulot, c'est-à-dire décharger et installer les sculptures. Maintenant, il va falloir étiqueter, mettre les cartels au bon endroit et poursuivre l'embellissement du lieu ainsi que positionner le fléchage pour guider les visiteurs.

Il est à présent dix-sept heures et nous marchons vers le bahut afin de rejoindre nos piaules et nous préparer avant de descendre manger. Je suis bien, entourée de mes amies qui discutent tranquillement tout en ayant mon copain à mes côtés. Je voudrais tant lui confier tous mes secrets, aussi bien lui expliquer mes pouvoirs que les liens réels qui m'unissent à Kalia et Solveig. Lui partager mon histoire récemment découverte et surtout lui parler de Céleste ! Cela me contrarie de lui mentir, même si c'est plus raisonnable, je déteste cacher des choses à celui que j'aime… Je vais en discuter avec les filles, elles sauront me conseiller. C'est plein d'une nouvelle assurance que nous franchissons les grilles du lycée, puis les portes de l'internat. Nos camarades nous laissent tous les deux en nous taquinant, on les retrouve après pour dîner tous ensemble.

— Tu sembles ailleurs Naïa, tu es sûre que tout va bien ?

— Oui, ne t'en fais pas, je suis un peu fatiguée, j'ai hâte que les vacances arrivent ! On pourra se promener, se voir rien que tous les deux aussi… On sera plus tranquilles !

— Hum ! tu souhaites être seule avec moi ?

Il me pousse doucement vers un coin plus sombre du hall, avant de me chuchoter doucement à l'oreille.

— Tu veux que je t'embrasse ? Comme la première fois au parc ?

Je lève mon visage, accroche mon regard au sien et dans un signe silencieux, je l'incline légèrement et entrouvre mes lèvres. Il ne se fait pas prier et son baiser éveille tous mes sens, un brasier s'allume au creux de mon ventre.

— Oh ! Il vaut mieux que je me calme un peu avant de remonter ma puce, sinon ça va être gênant, sourit-il dans mes cheveux.

— Je l'ai senti oui, dis-je en le taquinant.

Nous plaisantons tous les deux, laissons la tension redescendre avant de grimper les escaliers et de nous quitter à mon étage.

— À tout à l'heure, ma belle.

— À tout à l'heure, mon p'tit cœur.

Je me dépêche de regagner ma chambre. Lorsque je rentre, je tombe nez à nez avec Solveig qui ouvrait la porte au même moment. Nous sursautons de concert, avant d'éclater de rire en chœur.

— Dis donc Mam'zelle, tu as les joues bien rouges et les yeux très brillants ! Qu'as-tu fait ??

— Moi ? Mais absolument rien, voyons ! Je suis sage comme une image, tu devrais le savoir, ricané-je.

— Carrément ? Qu'est-ce qu'il ne faut pas entendre ? rétorque Kalia de son matelas.

Nous laissons libre cours à notre hilarité, avant de distinguer un grognement émis par Alexandrine, visiblement mécontente de nos bruyantes retrouvailles. Nous fermons derrière nous, puis on s'installe sur mon lit face à Kalia pour notre traditionnelle discussion du soir.

— Vous croyez que je peux tout déballer à mon homme ? lancé-je d'un coup.

— Pourquoi cette question ? Quelque chose ne va pas ? s'inquiète Solveig.

— Je suis mal à l'aise de lui cacher tant de choses ! Imaginez si mon pouvoir se déclenchait lorsque je suis avec lui, il me prendrait pour une folle, ou pire me laisserait tomber...

— Respire, m'ordonne Kalia, détends-toi ! Tu ne peux pas risquer de le mettre en danger pour l'instant, nous devons d'abord maîtriser nos dons avant de leur avouer à tous la vérité. Je sais que c'est difficile, mais il faut tenir bon encore quelque temps. Je te promets qu'on leur dira bientôt...

— Elle a raison, ne t'emballe pas, il ne te lâchera pas ! Il t'aime vraiment, fais-lui confiance !

Je me blottis dans leurs bras en laissant échapper quelques larmes, qui soulagent mon cœur et mon esprit. Nous nous éloignons et vaquons à nos différentes occupations avant d'aller aux sanitaires pour prendre une douche chaude et descendre au self rejoindre notre groupe d'inséparables.

Le lendemain, tous les parents d'élèves viennent visiter l'exposition et nous sommes face à nos œuvres pour les présenter. Je suis légèrement tendue devant mon tableau, j'appréhende la réaction de mes proches. Contre toute attente, ils restent en admiration devant le portrait, appelé « *la mystérieuse femme rousse* ».

— Comment as-tu réussi à reproduire ses traits sans la connaître ? me demande Vincent, mon père.

— C'est incroyable Naïa, je suis admiratif et totalement estomaqué de la ressemblance… s'exprime Laurent.

— Tu l'avais déjà vu ? me questionne Laure, un peu inquiète.

— Non, elle est apparue dans un rêve, au début de l'année, nous avons eu toutes les trois une vision différente de Céleste…

Finalement rassurés par ma réponse, ils me félicitent sur ma pratique et mon talent, ce qui me gonfle davantage le cœur d'amour pour eux. Je regarde mes sœurs et on se sourit, nous sentons la douce présence maternelle et bienveillante de Céleste.

Chapitre 29

Solveig

Aujourd'hui c'est le grand jour, nous allons jouer notre pièce de théâtre devant le lycée et nos proches. J'ai hâte, mais en même temps je suis stressée. Je n'aime pas me mettre en avant, je crains toujours d'écraser les autres, de leur voler leur place. Mais c'est le moyen que j'ai trouvé pour vaincre ma timidité et m'ouvrir davantage. Monsieur Rivière a décidé de me donner le second rôle ! Et ça au plus grand dam de cette très chère Laurène. Cette demoiselle n'a pas apprécié cet affront, comme elle adore si bien le dire.

« *La colonie* » de Marivaux est une pièce satirique qui évoque la mise en place d'une nouvelle société, après un naufrage sur une île déserte. Les hommes souhaitent la recréer telle qu'ils la connaissent tandis que les femmes désirent prendre part aux décisions et ne plus être confinées derrière leurs fourneaux. On peut dire qu'elle est avant-gardiste, puisqu'elle a été écrite en mille sept cent cinquante et le thème est plutôt contemporain.

J'aide tout le monde à mettre les dernières pièces de décors en place et pars retrouver notre enseignant pour écouter ses ultimes recommandations avant de monter sur les planches, mais c'est sans compter sur cette peste qui m'attend dans un coin des coulisses.

Elle me surprend malgré tout et me plaque contre le mur.

— Alors Solveig, que vais-je bien te faire subir pour que tu ne grimpes pas sur scène ? Ce rôle aurait dû être proposé à une personne de mon groupe, qui forcément est meilleur que toi dans tous les domaines. Tu ne mérites pas d'être valorisée de cette manière ! Tu es tellement insignifiante, fade et moche. Qui veut voir une fille aussi nulle ? Je ne sais pas pourquoi tu existes, tu devrais plutôt te cacher dans un trou pour camoufler ta laideur et y rester cloîtrée !

— Mais arrête donc pétasse, tu te prends pour qui ? Miss Univers ? Tu n'es pas le centre du monde ! Bien au contraire ! Pour que tu te sentes autant en danger, c'est que je dois être supérieure à toi ! Et tu te surestimes un peu trop, hurlé-je.

Je constate que mes nerfs sont mis à rude épreuve, j'essaie de me maîtriser pour que mes dons ne se déclenchent pas, mais ses mots sont de plus en plus violents. Mes oreilles bourdonnent et ma tache commence légèrement à me brûler. Je vois les lèvres de Laurène bouger, mais je ne discerne plus aucun des sons qui sortent de cette bouche de vipère. À la place, une intonation mélodieuse s'insinue peu à peu et de subtils murmures se transforment en une pensée pleine et distincte :

« *Solveig, ma puce. Calme-toi, il faut que tu respires doucement ! Tout ce que te dit ta camarade est faux. Tu le sais, elle est juste jalouse de toi. Mais tu dois te détendre ou tes dons vont prendre le dessus et tu t'en voudras de ce qu'il va se passer. Écoute-moi et concentre-toi sur ma voix. Ne l'autorise pas à t'atteindre, oublie-la, tourne-lui le dos et pars rejoindre les autres. Je suis, et je serais toujours présente quand tu auras besoin de moi, tout comme tes sœurs. Même si je ne suis pas là physiquement, je le serais éternellement dans votre cœur.* »

Je laisse ses paroles s'instiller en moi, ses dires me réchauffent la poitrine et me permettent de retrouver ma sérénité. Je ne distingue plus les propos blessants de cette vipère. Le fait de l'entendre ainsi m'émeut plus que de raison, elle est belle, sincère et douce.

J'abandonne cette harpie derrière moi et file voir le professeur, et une fois son discours encourageant terminé, je me dirige vers ma loge pour me maquiller et m'habiller.

Il est déjà l'heure de se produire, je ne repense plus à son mépris, je me concentre sur les paroles de ma mère biologique. Le rideau s'ouvre, je m'élance d'abord timidement, puis je commence vraiment à m'éclater et entrer dans mon rôle. Les actes se suivent et je ne me reconnais pas.

La fin arrive beaucoup trop vite à mon goût et le public est en effervescence, au deuxième rang, je remarque mon entourage, Kalia et Naïa ainsi que leurs familles m'applaudir, tous émus devant ma prestation.

Je vois leur fierté dans leurs yeux, et c'est un sentiment que j'éprouve aussi à ce moment-là, les encouragements de Céleste me revenant en mémoire. D'ailleurs je suis triste qu'elle n'ait pas pu être présente pour mon tout premier spectacle. Malgré tout, je me sens chanceuse, j'ai des parents, deux sœurs alors que je me pensais enfant unique, des oncles et tantes de cœur. Je sais qu'un jour nous serons réunies, elle pourra assister à nos côtés à toutes nos présentations, nos remises de diplômes… Ce soir, grâce à elle, j'ai réussi à garder le contrôle sur mes facultés et ainsi éviter une catastrophe que j'aurais regrettée toute ma vie. J'ai hâte de tous les retrouver pour leur raconter ce qu'il s'est passé.

Je pense enfin avoir trouvé ma place et appris que Laurène n'est pas LA personne à écouter, mais je dois absolument croire ceux qui m'entourent et m'aiment vraiment pour ce que je suis.

Chapitre 30

Kalia

Aujourd'hui c'est mon tour ! Après la magnifique exposition faite par Naïa, l'excellente performance de Solveig dans sa représentation de théâtre, c'est ce soir que je propose mon œuvre, mon spectacle de danse. Il va falloir que j'assure pour être au niveau !

Nous avons dû tout créer de A à Z, le décor, les costumes de chacun, les chorégraphies... ce fut un travail de longue haleine très fatigant, mais tellement intéressant ! J'ai de la chance d'avoir des acolytes danseurs avec lesquels je m'entends bien, certains sont devenus des amis, et en-dehors de Lindsay, aucun de nous n'a la grosse tête !

Je suis impatiente de monter sur scène, malgré tout le stress grimpe et je redoute de déclencher une catastrophe. Donc, comme lors de nos entraînements, je fais une courte séance de relaxation, avec respirations synchronisées. Je suis avec ma petite troupe de potes au complet : Agathe, Ludo, Lola, Victor et Maël. Tout le monde se détend à sa manière, Agathe en câlinant son Ludo chéri, Lola en taquinant Victor, et Maël qui fait son yoga en même temps que moi. Nous sommes un groupe assez hétéroclite, mais nous sommes extrêmement proches les uns des autres et je m'en veux de leur cacher mes capacités et d'être obligée de mentir sur notre lien avec Solveig et Naïa. Un jour, nous serons en mesure de tout leur dire et j'espère que nous pourrons toujours autant compter sur eux. Avoir un amour indéfectible comme celui qui unit nos familles avec Céleste...

Je me lève, m'étire et m'apprête à parler quand Lindsay débarque dans notre coin, avec Max, son cavalier et petit-ami qui est aussi méchant qu'elle. Ils se sont bien trouvé ces deux-là !

— Alors les nazes, ça va ? Prêts à vous ridiculiser devant tout le lycée et vos entourages ? nous attaque-t-elle.

Il ricane en l'enlaçant, cette peste minaude à son attention, elle m'exaspère et je sens que je commence à m'énerver, elle me gâche toute ma préparation !

— Tu n'as que ça à faire Miss Pimbêche ? lance Victor.

— Comment tu parles à ma meuf, le looser ? réplique Max.

— C'est une fouteuse de merde ta gonzesse, tu le sais mieux que personne, non ? accentué-je.

Lindsay, piquée au vif, se dégage de son étreinte rapidement, se place devant moi, prête à en découdre. Arrivée à ma hauteur, elle m'agrippe par le poignet violemment, commence à me secouer en me hurlant des insanités et me fait tomber à terre. C'est au moment où je perds toute patience et où je sens ma tache brûler très fort que Mr Joba débarque comme une furie. Il la saisit aussitôt par le bras, la tire vers l'arrière, se penche vers moi pour m'aider à me relever et examine avec précaution mon articulation. Celui-ci est cerclé de rouge, les marques de doigts se voient beaucoup et je grimace lorsqu'il le manipule en le regardant sous toutes les coutures.

— Je peux savoir ce qu'il t'a pris, Vasseur ? hurle-t-il.

— Mais Monsieur, c'est de sa...

— Tais-toi, j'ai entendu tes insultes de l'autre bout de la pièce ! C'est toi qui es venue chercher la bagarre, je suis vraiment déçu de ton comportement et n'oublie pas que ce sera signalé à tes parents et au proviseur. Ton attitude est inacceptable !

Lindsay fond en larmes devant les propos durs de notre prof de danse. On jubile tous intérieurement, car il comprend enfin la personne qu'elle est réellement.

— Kalia va voir Madame Besnard pour qu'elle te mette de la glace et un bandage, je pense que tu as une foulure et je ne voudrais pas que cela te fasse mal lors du spectacle, me dit-il gentiment.

— D'accord, merci Monsieur.

Maël m'accompagne, pendant que mes camarades passent au maquillage et à l'habillage. La seconde professeure de sport est outrée d'apprendre ce qu'il s'est déroulé un instant plus tôt. Elle me soigne, me fait un strapping le plus discret possible, mais qui maintient correctement mes ligaments douloureux. Je me jure intérieurement qu'elle me le paiera, lorsque j'entends dans ma tête :

« *Non ma puce, la vengeance est pour les renégats, pas pour une sorcière telle que toi. Tu guériras, ton cœur aussi, laisse l'amour de la danse et de tes proches couler en toi et tout ira bien, je te le promets.* »

Je souris, la chaleur de la présence de Céleste irradie dans tout mon être et je me sens mieux.

Je rejoins ma loge, faite de paravents et de draps, pour éviter que les mecs viennent se rincer l'œil. Mes complices m'aident à enfiler ma magnifique robe vert émeraude. Elle est à fines bretelles, le bustier est satiné et le jupon est fait de voiles d'organza de différentes longueurs, qui donne un aspect asymétrique à l'ensemble. Les gars sont tous vêtus d'un pantalon et d'une chemise noirs. Une large ceinture rappelle le vêtement de leur partenaire. Agathe est habillée en bleu nuit, Lola en bordeaux et Lindsay en rose fuchsia. Nos cheveux sont coiffés en chignons souples avec des mèches qui retombent autour de nos visages en légères boucles. Nos maquillages sont assez prononcés pour être visibles sous les lumières.

Nous nous enlaçons toutes les trois, fronts contre fronts, prêtes à conquérir le public. La chipie est seule dans son coin, la maquilleuse a dû fournir un sacré travail pour cacher ses yeux bouffis par les larmes.

Nous retrouvons nos cavaliers, et après une dernière accolade collective, nous nous dirigeons vers le rideau. Nous regardons nos camarades exécuter leur danse sur *Thriller* de Mickaël Jackson, ils sont impressionnants dans leurs costumes de morts-vivants ! Les spectateurs les applaudissent chaleureusement, ils sortent de la scène et les éclairages s'éteignent.

Nous entrons discrètement, nous nous disposons à nos places respectives, je suis sur le devant avec Maël à droite, tandis que Lindsay est sur ma gauche avec Max. Alors que les duos Agathe, Ludo et Lola, Victor sont derrière nous.

Les premières notes de *To build a home* de The Cinematic Orchestra[1] s'élèvent à l'instant où les projecteurs se fixent sur nous. Alors j'oublie tout et me concentre sur mon cher Maël.

---

[1] Musique de Sexy Dance 4

C'est un excellent danseur, nous nous complétons parfaitement. Les pas s'enchaînent, nos corps à corps aussi, les portés se font en douceur, le public tape des mains en cadence. Lorsque la musique s'arrête, je suis en sueur, mon cœur bat la chamade et mon sourire est éclatant. C'est en riant que j'enlace Maël, nous saluons l'assemblée qui est debout et je vois mon entourage, mes sœurs et nos potes dans la salle, elles m'envoient des baisers et ils lèvent tous leurs pouces. Les flashs de leurs appareils photo crépitent et c'est un dernier cliché de groupe où on grimace tous qui finira par décorer ma chambre.

Nous sortons de là en courant et on se saute dans les bras en se félicitant tous. C'était un moment exceptionnel et hors du temps, je regrette juste l'absence de ma mère, même si je sais qu'elle était présente au fond de moi… J'espère pouvoir partager d'autres événements aussi importants avec elle dans un avenir proche.

Chapitre 31

Kalia

Déjà une année de terminée, je n'en reviens pas de toutes ces choses que nous avons réalisées et assimilées. J'ai l'impression que ma rentrée se faisait hier, l'émotion m'envahit face à tous ces souvenirs qui me frappent de plein fouet. Un mélange de mélancolie et de reconnaissance, car malgré tout, les événements passés sont incroyables ! Comment aurais-je pu imaginer que le destin allait créer un raz de marée dans ma vie ainsi que dans celles de Solveig et Naïa ? Et ce n'est rien de le dire, mon adoption, la découverte de notre lien de sang, une mère biologique et surtout le plus invraisemblable : que nous sommes issues d'une famille de sorcières.

J'ai eu du mal à encaisser tout ça, mais avec le temps et les réponses à mes questions, données par ceux qui nous ont élevées, j'ai réussi à accepter ma nouvelle histoire. Le plus difficile quand même est de devoir le cacher à nos potes, j'aimerais tant le crier à la terre entière ! Je ne suis plus enfant unique maintenant. En effet, il s'avère qu'en plus de découvrir que mes meilleures amies sont en réalité mes deux sœurs et que nous sommes également des triplées !

La fin de l'année signifie devoir vider notre chambre et la remettre en état pour qu'elle soit disponible pour la rentrée prochaine. L'air de rien nous en avons amassé des choses durant notre séjour au lycée. Il faut enlever tous les souvenirs accrochés aux murs que l'on a exposés au fur et à mesure de nos séances photo, les armoires se dégarnissent et remplissent à ras bord nos valises. En me retournant pour regarder Solveig et Naïa, je vois les larmes dans leurs yeux et les miennes montent aussi. Comment rester insensible face aux tourments des personnes les plus importantes de ma vie ?

Bientôt un nouveau chapitre va s'ouvrir, notre prochaine année en première va nous occuper une bonne partie de notre temps, allons-nous découvrir encore des secrets inavoués ?

En ce moment, nos facultés grandissent peu à peu à force d'exercices supervisés par nos proches. Pendant nos séances à trois, lorsque nous méditons ensemble, nous apprenons à contrôler nos colères afin qu'elles ne prennent pas le dessus, dans l'intention d'éviter les catastrophes que cela peut engendrer quand nous sommes dans des bouleversements extrêmes.

Mais, maintenant, place aux congés d'été ! Nous allons être libres de parler ou encore effectuer plus d'entraînements sans craindre de gaffer sur l'existence de nos nouvelles capacités et surtout sur notre véritable lien.

Nous avons prévu de nous voir le plus possible pendant cette pause de deux mois. Au programme : formations, essayer de rendre visite à Céleste pour en connaître plus sur nos origines et bien sûr profiter de notre entourage et de nos amis.

Je jette un dernier coup d'œil à notre lieu de vie, j'espère qu'on nous accordera la chance d'être de nouveau ensemble l'an prochain, ce serait vraiment super de renouveler notre bulle de bonheur et de bien-être. Nous avons pris nos habitudes et une complicité s'est créée naturellement entre nous, je ne veux pas devoir tout recommencer avec d'autres personnes.

Nous bouclons nos ultimes bagages et filons rejoindre nos darons qui ont fait le déplacement spécialement pour le déménagement et surtout pour transporter toutes nos affaires.

Naïa

Cela passe trop vite, déjà un mois d'écoulé, nous allons fréquemment les unes chez les autres, dans le but de ne pas perdre nos acquis, mais aujourd'hui nous faisons une pause. D'une parce que nous en avons besoin et de deux, car Xavier et moi avons prévu de nous faire un bowling et une crêperie.

Nous nous sommes donné rendez-vous devant le restaurant pour plus de facilité, je ne suis pas encore prête moralement à rencontrer de façon officielle ses parents.

J'ai décidé d'opter pour une tenue légère à cause de la chaleur qu'il fait en ce moment, j'espère qu'elle lui plaira. Je suis habillée d'une jupe patineuse bleue et d'un haut blanc asymétrique avec des sandales à semelles compensées.

Je l'aperçois sur le trottoir et je le trouve magnifique dans son pantalon clair et son t-shirt noir près du corps qui laisse deviner la perfection de sa musculature. Je suis toujours autant surprise par l'intérêt qu'il me porte, moi la blondinette quelconque, alors qu'avec son physique et sa bonté, il pourrait avoir une fille mille fois mieux que moi...

Je m'approche de lui et vois au premier coup d'œil que je lui plais, mes joues rougissent, mes doutes disparaissent et un léger éclat se dessine sur son visage. Une fois à sa hauteur, je dépose un doux baiser sur ses lèvres, mais lui décide de l'approfondir. Il fond sur moi et l'intensifie, il resserre sa prise, saisit mon cou et me colle un peu plus contre lui. Une agréable chaleur s'insinue dans mon corps, mes jambes se dérobent un brin sous ses assauts, je le sens amuser et il me rattrape en se détachant de moi. Mon regard brille sous l'émotion, je me racle la gorge et lui dis :

— Bonjour toi, tu m'as manqué !

— Toi aussi ma puce, tu es de toute beauté ! me répond-il.

— Je dois dire que tu es pas mal également, rajouté-je.

Nous nous dirigeons vers l'entrée, nous présentons à la serveuse qui nous emmène en souriant à la table que Xavier a réservée quelques jours avant.

Nous prenons un apéritif soft ainsi que des galettes complètes. Pour le dessert, il choisit une crêpe au caramel beurre salé tandis que je laisse parler ma gourmandise en commandant un chocolat liégeois glacé.

Le repas est délicieux et le début de soirée s'écoule sous le signe de l'amour. Le trajet pour la deuxième étape de notre rendez-vous se fait joyeusement, agrémenté par de petits gestes innocents ainsi que de tendres embrassades. Les parties de bowling s'enchaînent, nous ne voyons pas l'instant passer sauf quand nos mères nous rappellent à l'ordre en nous prévenant que nous sommes attendus sur le parking. Ce sont les yeux pleins de larmes que je souhaite une bonne nuit à mon chéri. Je lui fais promettre d'organiser rapidement une nouvelle sortie pour savourer un moment tous les deux. Je ne supporte pas d'être longtemps éloignée de lui !

Vivement le retour au lycée pour que l'on puisse être ensemble tous les jours. J'ai hâte de partager plus de choses, d'avoir des heures en tête-à-tête, d'être juste dans ses bras et de profiter de chaque minute. Notre relation devient sérieuse et je me rends compte que je suis vraiment bien avec lui. Je me sens moi-même et je n'ai qu'une envie, c'est de tout lui dévoiler, mais pour l'instant, je n'ai pas le choix.

Il le faut pour protéger mes amis, mon amour et mes proches des menaces qui pèsent sur nous trois.

❋❋❋❋❋

Solveig

Nous parvenons déjà à la fin des vacances d'été, je n'en ai jamais passé d'aussi fatigantes et chargées que ce soit en chamboulements ou en choses à faire. Entre notre préparation pour contrôler et acquérir une meilleure aisance avec nos facultés, les visites dans nos familles ainsi que les retrouvailles avec nos copains de lycée, nous avons eu peu de temps pour nous reposer.

Depuis que nous domptons plus facilement nos dons, nous arrivons de mieux en mieux à entrer en contact et vivre des moments avec notre mère biologique. Nous chérissons ces instants où nous avons la possibilité d'en apprendre plus sur elle et notre père. C'est triste de se dire que nous ne le rencontrerons jamais, les circonstances de sa mort nous ont peinées, il est décédé à cause de ces chasseurs qui nous ont poursuivis. Nous avons pu en savoir plus sur eux, Céleste a peur pour nous, et elle craint qu'ils découvrent nos identités réelles et nous pourchassent. J'avoue que cela m'effraie un peu aussi, nous ne commettons rien de malveillant, nos compétences peuvent être une bénédiction si nous nous en servons pour réaliser le bien. Tout comme moi, mes sœurs veulent être du bon côté. Je souhaite qu'un jour nous arrivions à le leur faire comprendre et qu'ainsi nous puissions vivre sereinement. Et surtout j'espère que nous serons tous ensemble avec elle, nous devons réussir à la libérer de ce fardeau !

Pour cette avant-dernière semaine de repos, nous avons décidé de tous partir en camping, il nous faut une pause. Et aussi permettre à nos parents de resserrer les liens amicaux de leur jeunesse. Nous avons eu cette idée lors d'une journée chez moi, et nous ne le regrettons pas, nous allons avoir la liberté de nous créer de nouveaux souvenirs, autrement que par la magie. Au programme, randonnées, piscine, shoppings et soirées à thèmes. Nous savons que ces moments se feront de plus en plus rares aux vues de tous les événements, et l'air de rien, nous grandissons. Au fil des ans nous mènerons notre propre existence, et même si nous ne pourrons jamais vivre sans eux et ces instants, c'est notre façon à nous de leur dire et prouver qu'ils seront toujours dans notre cœur, quoi qu'il se passe.

Chapitre 32

Malaury – Paimpont, domaine familial LE DU

Cela fait trois mois et demi que la dernière attaque contre cette maudite sorcière a échoué, je rumine encore cet échec et ma fureur n'en est que plus forte. Tout le monde en prend pour son grade et même les atrocités que j'administre à mon mari ne me satisfont plus autant. Je pense que je vais être dans l'obligation d'augmenter l'intensité de ses douleurs pour me détendre un minimum.

Je pourrais choisir de mutiler son sale bâtard ? Cela lui ferait fermer son clapet à celui-là ! Sous prétexte qu'il attire les greluches comme des mouches, il se croit supérieur à mes fils. Si je le défigurais un peu ? Cela blesserait Audric en même temps… Il va être temps que je réfléchisse sérieusement à cette possibilité !

Je suis brusquement tirée de mes sombres pensées lorsque quelqu'un frappe à la porte de mon bureau.

— Entrez, dis-je d'une voix peu amène.

— Madame, nous avons réussi à débloquer les téléphones des jeunes filles et nos découvertes vont vous intéresser.

— J'espère pour toi que tu ne me déranges pas pour rien, sinon ta punition sera sévère, grondé-je.

Je suis le chasseur, dont je n'ai pas retenu le nom, dans la salle informatique qui jouxte celle où nous nous réunissons. Alors que je franchis le seuil, un silence de plomb s'installe, je sens la crainte des sbires qui sont sous mes ordres et je jubile.

— Cheffe, nous connaissons maintenant l'identité des trois adolescentes. Ce sont des lycéennes de dix-sept ans qui se prénomment Kalia LE HIR, Solveig LE BRIS et Naïa KARIOV. La dénommée Kalia habite avec ses parents à la chapelle des Fougerêts, leur pavillon est assez isolé et proche de la clairière où nous les avons remarquées.

— Et c'est tout ?

— Non, patron. Nous avons téléchargé tous leurs clichés et relié les noms du répertoire aux différents visages. Voici donc les personnes en question.

Il me fait signe de regarder sur l'écran accroché au mur. Je découvre les portraits des inconnues. La rousse, Solveig, a un air de famille avec Céleste. Mais cela me semble impossible ! Comment aurait-elle pu avoir une autre descendance ? Nous avons tué l'humain qui la protégeait dans la forêt, il y a de ça dix-huit ans…

— Les traces de pneus nous ont permis de trouver le modèle et la plaque d'immatriculation, ainsi que ses propriétaires.

— Je t'écoute...

— C'est le véhicule des LE HIR. Nous avons leur adresse exacte, leurs photos également. Nous continuons de chercher le lieu d'études, les loisirs et autres habitudes de tous ces étrangers.

— Très bien, préparez un 4X4 et une équipe, nous allons vérifier le domicile et les alentours de cette mystérieuse famille... Peut-être y trouverais-je des indices les reliant à cette garce !

Tout le monde s'agite, les ordres fusent pour partir rapidement. Cette piste est maigre, mais il faut la suivre malgré tout. Je sors de la maison, les températures sont très élevées et j'aperçois au loin, mon cher époux, qui coupe du bois à la hache. Nous avons bien une tronçonneuse, mais hors de question de lui faciliter la tâche...

Il se tourne en sentant mon regard, me fixe et je lui adresse mon sourire le plus machiavélique qui soit. Je devine qu'il en tremble d'ici. Je décide donc d'aller enfoncer le clou un peu plus...

— Alors mon esclave préféré, tu n'as pas trop chaud ? minaudé-je en frôlant la peau de son bras du bout de mes doigts.

Audric tressaute à mon toucher, je l'aperçois déglutir et ses iris montrent de la peur.

— J'ai très envie de te regarder transpirer davantage, que tu luises totalement et que ton corps soit douloureux par les efforts…

Je laisse ma main parcourir son torse, son ventre, je me délecte des soubresauts de sa musculature bien développée. Il est toujours très beau et bien foutu malgré les corvées et les divers sévices qu'il a subis, je reste attirée par son physique et ma haine s'estompe parfois quand mon désir pour lui grandit. Mais je me reprends et je lui griffe violemment et profondément les abdominaux, il retient son cri de justesse, ne flanche pas sous mon attaque. Je décide alors de triturer les écorchures avec mes ongles pour lui infliger encore plus de supplices.

— J'aime observer ton hémoglobine maculer ton corps athlétique, voir l'effet de la torture dans tes yeux, si j'étais un homme tu me ferais bander mon chéri…

Audric reste muet et impassible face à mes mots, je sens pourtant son tumulte intérieur d'ici.

— Laissez-le souffrir, je refuse que ses plaies soient nettoyées avant mon retour ! Et lorsqu'il aura fini sa corvée, il rangera le bois et n'aura pas accès à la moindre boisson avant que je ne lui en apporte moi-même ! ordonné-je cruellement.

Je rejoins l'équipe qui m'attend, j'exulte après cet intermède, nous démarrons aussitôt et quittons le domaine pour la chapelle des Fougerêts.

Nous nous garons un peu plus loin pour ne pas éveiller les soupçons. Je m'éclipse en tête du cortège, quatre subordonnés m'accompagnent, je décide de rester à couvert des arbres et de la forêt.

Arrivés à proximité de la demeure, j'aperçois le couple prendre leur voiture et partir. Je siffle à l'attention de mes sous-fifres et pénétrons dans le jardin.

Je me concentre sur l'environnement, je touche les murs, les fenêtres, le mobilier extérieur à la recherche de traces magiques. Je suis déçue, je ne trouve absolument rien ! Ils me font signe qu'il n'y a rien dans les différents endroits fouillés. Je ne comprends pas, c'est impossible ! Pourquoi étaient-elles avec Céleste ? Comment l'ont-elles rencontrée ? Tant de questions sont encore sans réponse, cela réactive ma mauvaise humeur, il me faut un défouloir de façon urgente !

Nous repartons chez nous et je crie sur mes subalternes d'accélérer les investigations sur l'entourage de cette famille et je veux tout connaître d'eux !

Je me dirige vers la cellule d'Audric et je découvre Angus en train de donner à boire à son père. Je pète un plomb, me rue sur lui et le frappe si violemment qu'il en tombe à la renverse, sa lèvre se fend sous l'impact et de nombreuses taches rougeâtres imprègnent son t-shirt.

— Arrêtez, maîtresse, ne vous en prenez pas à lui s'il vous plaît ! m'implore-t-il.

Je m'interromps au moment où j'attrape son sale gosse par les cheveux, le repousse brusquement au sol, et me dirige vers lui.

— Et pourquoi accèderais-je à ta requête ? craché-je.

— Par pitié, faites de moi ce que vous voulez, mais laissez-le tranquille…

— Gardes, emmenez ce minable au centre de la cour et fouettez-le jusqu'à l'évanouissement ! Quant à toi, tu vas payer pour lui…

Il se ratatine au fond de sa prison et attend ma sentence. Je vérifie que ma punition est bien exécutée, m'absente pour me changer en prenant mon temps, pour qu'il me craigne un peu plus. Puis je saisis mes potions, de l'eau, un chiffon puis pars m'amuser et me défouler.

Je rejoins mon conjoint, qui s'agenouille en me voyant, je le redresse, le fais asseoir sur une chaise avant de passer un tissu mouillé sur ses plaies. Je lui prépare ensuite une boisson à base de plantes, qui va le shooter et stimuler sa virilité et je vais pouvoir laisser libre cours à mes fantasmes les plus inavouables en engendrant de nouvelles blessures pour qu'un maximum de sang coule…

Chapitre 33

Naïa – retour à Bréquigny – septembre 2019

Demain, nous reprenons le chemin du lycée, je suis pressée de savoir si comme l'année dernière, je serai dans la même chambrée que mes sœurs. Mes valises sont finies, je n'ai qu'une hâte, retrouver mes amis, mais surtout voir beaucoup plus souvent Xavier. Je suis également très impatiente de recommencer mes cours d'arts plastiques. Cet été, je n'ai malheureusement pas pu pratiquer beaucoup et, j'avoue, cela me manque au plus haut point. Nous allons avoir nos plannings de cours, je vais pouvoir apprendre de nouveaux procédés et techniques d'art, j'aime la diversité de cette activité, c'est un moment où je peux être moi-même et exprimer mes émotions sans aucune crainte.

Le réveil se fait sur les chapeaux de roues, j'ai loupé l'alarme, avec mes parents nous courrons partout pour être prêts à l'heure. Judicieusement hier, j'ai mis tous mes bagages dans la voiture. Je prépare de quoi manger pendant le trajet jusqu'à l'établissement, cela permettra de rattraper notre retard.

Toute ma troupe nous attend devant l'internat, Kalia et Solveig ont l'air rayonnantes, moi j'arrive lentement près d'eux.

— Bonjour tout le monde ! Désolée, nous avons eu un imprévu…

— Oui ! Dis plutôt que tu ne t'es pas réveillée, me lance Kalia, avec un léger rictus moqueur.

— Oh c'est bon ! ok, non, j'ai loupé la sonnerie, râlé-je. Alors vous avez vu pour la distribution des chambres ? enchaîné-je.

— Oui, ce sont les mêmes trios que la dernière fois ! me répondent-ils joyeusement en chœur.

Nous sommes tous ravis que nos souhaits aient été exaucés. Nous voulions tous rester répartis comme l'année précédente ou tout au moins qu'ils respectent nos affinités. Nous filons rapidement dans nos locaux afin de déposer nos valises, et ainsi nous retrouver dans la cour pour découvrir les listes des différentes classes et attaquer la première journée.

Notre professeur principal nous donnera également tous les renseignements nécessaires pour démarrer sereinement cette nouvelle année.

Solveig

Notre première journée de cours s'est écoulée à toute vitesse. Nous profitons d'horaires allégés pour nous retrouver tous ensemble dans notre parc préféré. Nous ne rentrerons pas trop tard afin d'avoir la possibilité de ranger toutes nos affaires, et ainsi reprendre le rythme imposé par l'établissement.

Nous passons tous un agréable moment. Nous nous racontons nos vacances, Naïa savoure d'être dans les bras de son amoureux. Ils nous font baver d'envie et on souhaite trouver notre perle, nous les célibataires.

Encore deux heures à papoter tranquillement avant de rejoindre le lycée. Nous sommes ravis de notre emploi du temps, car nous avons plus d'heures de pratiques artistiques que de cours magistraux.

Cela nous a grandement fait plaisir, nous allons avoir plus de pièces de théâtre à travailler avec Bastien, Elouan et Sacha. J'espère que Laurène ne fera pas de nouveau des siennes, elle a vraiment été loin lors de notre spectacle de fin d'année. Mais les enseignants savent enfin qui se cache sous son apparence angélique.

En arrivant, nous regagnons nos pénates afin de nous installer plus confortablement. Nous avons gardé les mêmes places que l'an dernier, nous retrouvons donc nos petites habitudes. Les vêtements rejoignent l'armoire, les photos sont une fois de plus fixées au mur et nos fournitures sont disposées sur le bureau, prêtes à l'emploi.

Alexandrine toque à la porte pour nous prévenir que c'est l'heure de descendre prendre le dîner, nous filons avant d'avoir de ses remontrances dès ce soir. Ça y est, c'est reparti pour une année !

※ ※ ※ ※ ※

Kalia

C'est dingue comme les retrouvailles nous ont fait un bien fou. Nous avons décidé d'un commun accord de maintenant dîner tous ensembles, cela nous permet de côtoyer et d'apprendre à mieux connaître les camarades des unes et des autres. Sachant que notre lien est encore plus fort depuis cet été, leur bonheur est primordial et passe avant le mien. Les relations créées entre tous les membres du groupe me font chaud au cœur. Nous adorons nous charrier et bavarder des heures durant. Nous avons tous les mêmes goûts et dans chacun d'eux, je retrouve une partie de la personnalité de Sol et Naïa.

Une fois le repas fini, nous empruntons les couloirs afin de regagner nos dortoirs, notre couple préféré se dit chaleureusement bonne nuit, les garçons dorment au deuxième étage, tandis que nous sommes au dernier. Nous avançons pour leur laisser un peu d'intimité. On ne va pas non plus leur tenir la chandelle !

Avec les filles, nous nous dirigeons vers les sanitaires pour nous brosser les dents et réintégrons nos chambrées en nous souhaitant de beaux rêves. Naïa nous rejoint des étoiles plein les yeux, elle fait plaisir à voir.

Je me sens sentimentale ce soir, alors je vais vers elles et les serre fort dans mes bras, satisfaite de les retrouver et de pouvoir partager pleinement nos vies.

Chapitre 34

Naïa – Sortie en amoureux – Rennes

Ce soir, je dîne en compagnie de Xavier, nous souhaitons nous retrouver rien que tous les deux, après quasiment huit semaines sans nous voir, nous avons besoin de temps pour nous. Cela fait six mois que nous sortons ensemble et je suis très amoureuse de lui. C'est sans doute un peu cliché, mais je l'aime vraiment beaucoup et j'imagine déjà un avenir plus lointain.

Je garde cela pour moi, je n'ai pas envie que mes frangines me taquinent à ce sujet, je suis assez pudique et je n'apprécie pas d'étaler mes sentiments au grand jour.

Pourtant j'ai demandé l'aide de toute la troupe pour ma soirée, je veux être coquette pour mon chéri ! Après tout, je peux bien fournir un effort, car il m'invite au restaurant, et que je désire lui plaire, ça me rassure de constater qu'il me trouve jolie. Je redoute parfois qu'il décide de me quitter pour une autre, mieux foutue que moi…

Solveig me tire de mes réflexions en m'enlaçant les épaules.

— Bah alors, Sweetie, t'es partie où ?

— Je songe à ma sortie, à ce que je vais porter ce soir et... j'ai la frousse qu'il finisse par me laisser tomber un jour.

— Ne pense pas à ça ! Tu es magnifique, me répond Kalia. Vous faites un très beau couple et on voit bien qu'il est fou de toi. D'ailleurs, nous qui sommes célibataires, on est un peu jalouses.

— Eh oui, nous aussi on veut notre prince charmant ma chérie ! termine Solveig en me claquant un bisou sur la joue.

Nous éclatons de rire en entendant le bruit que cela fait sur ma peau. On dirait un baiser mouillé de grand-mère !

— Finissons de nous préparer, nous devons retrouver les gonzesses dans trente minutes, pour ta séance de shopping ! Alors haut les cœurs, pense à ton bonheur et bouge tes fesses de ton lit, rigole Kalia.

Une demi-heure plus tard, nous sommes toutes devant le portail du lycée et nous partons à pied vers le centre-ville. Nous papotons joyeusement de tout et de rien, nous rions aux blagues de Lola, et nous entrons dans une première boutique. Le style de vêtements est trop classique et ne me correspond pas du tout, dès lors, nous nous élançons à la recherche de la tenue idéale.

Déjà cinq magasins que nous faisons sans rien trouver de sympa, je commence sérieusement à désespérer, quand Agathe me désigne une petite enseigne. La vitrine ne paie pas de mine, mais on ne sait jamais, des trésors s'y cachent peut-être.

À neuf, nous remplissons presque celle-ci, la vendeuse, dont le prénom est Rose, comme l'indique son badge, s'étonne de découvrir autant de monde d'un coup. Solveig prend la parole en premier.

— Notre Naïa a un rendez-vous galant ce soir et nous l'aidons à trouver un ensemble qui mette en valeur ses iris bleus et qui corresponde à son genre, sans ce que cela soit trop sophistiqué non plus.

— Je vois, je vais avoir plusieurs choses ravissantes à vous présenter, assure la jeune femme. En premier lieu, quel style préférez-vous ?

— Robe ou jupe s'il vous plaît, réponds-je. En taille S en bas et M en haut, précisé-je.

Elle m'emmène au niveau de la cabine d'essayage et tout le monde s'installe en face. J'ai l'impression de me préparer pour un défilé ! Je pouffe silencieusement à cette idée.

Rose revient avec une bonne dizaine de vêtements différents dans les bras. Il y a du bleu, du blanc, du noir, du rose, du vert... un véritable arc-en-ciel de couleur ! Les matières sont diverses aussi, j'écarte le velours et le satin, je ne me sens pas à l'aise dedans.

Je décide d'essayer une mini-jupe plissée noire, avec des collants opaques, un pull épais de ton crème et une veste en similicuir de la même teinte que le bas. Il ne manque que des chaussures adéquates, hautes ou basses. En dessous du chandail, je porte un débardeur à fines bretelles qui garde la chaleur, car il commence réellement à faire froid le soir. Je sors de ma cachette et attends le verdict de la troupe.

— Waouh ! une vraie bombe ! Il va littéralement fondre devant ta beauté ! Ça te va super bien ! me disent-elles toutes en même temps.

Je me tourne vers mes chers inséparables et elles approuvent mon choix avec un sourire éclatant.

— Rose, auriez-vous des bottes ou des bottines qui compléteraient l'ensemble s'il vous plaît ?

— Oui bien sûr, en quelle pointure ?

— En quarante, lui dis-je.

Elle revient avec deux paires différentes en cuir, noires, avec des fermetures éclair. Elles sont simples et ravissantes. J'essaie d'abord celles qui arrivent à la cheville, classiques, puis des bottes à lacets et glissière, type Doc Martens, qui parviennent sous les genoux. J'hésite entre les deux modèles, puis je finis par sélectionner les montantes, j'aurais plus chaud !

Les filles valident mon choix, je retourne me changer, je paie mes achats en remerciant chaleureusement Rose de son accueil et de ses conseils.

Nous allons déguster un goûter dans un café puis nous reprenons le chemin de nos chambres pour que je puisse me préparer.

Après une bonne douche bouillante, je me pare de mes nouveaux habits, Kalia me maquille légèrement afin de faire ressortir mes billes bleues et Solveig joue avec ma crinière blonde. Elle décide de me coiffer différemment de d'habitude. Elle sépare ma chevelure en deux, commence à tresser du haut de mon crâne à sa base, noue un élastique et reforme mes boucles naturelles, qui descendent en cascade jusque sous mes omoplates. Quelques mèches encadrent mon visage, l'ensemble n'est pas serré, plutôt flou, pour me rendre moins sévère.

Kalia me sort son béret noir fétiche et me le pose délicatement sur ma coiffure, la métamorphose est saisissante et je me sens belle.

Il est dix-neuf heures lorsque je retrouve Xavier aux portes de l'internat. Ses yeux s'écarquillent en me voyant et il siffle en m'enlaçant.

— Mon ange, tu es splendide ! Je te trouve tellement magnifique, tu es éblouissante !

Il se jette sur ma bouche, m'embrasse passionnément à m'en faire tourner la tête.

Il me prend la main, entremêle ses doigts aux miens, et nous partons vers la pizzeria La Tomate, dans le centre historique, proche des rues piétonnes. Le reste de la troupe va manger ensemble dans une crêperie, et nous rejoindra sûrement plus tard.

La façade à colombage bleu sort du lot, c'est un endroit idéal pour un rendez-vous en amoureux. Nous entrons et le serveur nous amène à notre table. Nous sommes dans un coin tranquille du restaurant, un peu à l'écart des autres convives. Nous choisissons nos pizzas préférées et nous discutons de nos travaux artistiques, de nous, surtout de nous d'ailleurs.

Xavier me parle de ses sentiments, de ses envies, du désir de partir en voyage tous les deux… Je fonds de bonheur en l'entendant. Je lui expose mes rêves nous concernant, mes peurs aussi, il me rassure en venant me donner un baiser intense, dans lequel il met tout ce qu'il ressent pour moi, avant que nos desserts arrivent et nous coupent dans notre élan.

Je suis rouge d'avoir été surprise par le garçon de salle, qui lui, sourit. Il nous souhaite une bonne fin de repas puis il s'éclipse. Mon tendre copain me propose une balade au parc du Thabor avant de rentrer, et j'accepte aussitôt sa suggestion. Il va payer l'addition, me laissant enfiler mon manteau, puis me récupère afin de se rhabiller à son tour.

Nous sortons et devant la façade nous nous bécotons sous les sifflets de quelques passants. Tout d'un coup, l'ambiance change, deux motos nous chargent. Ils nous encerclent en s'approchant de plus en plus, deux hommes en descendent et me tirent hors de ses bras. Je hurle, pleure, j'aperçois au loin tout le groupe accompagné de Honey et Birdie arriver en courant et d'autres individus cachés dans l'ombre s'élancent sur elles et essaient de les contraindre à monter en voiture, avec violence.

— Non, laissez-les tranquilles ! Pas mes sœurs ! braillé-je à m'en casser la voix.

La panique m'envahit, je sens la terreur de Kalia et de Solveig, je ne sais plus quoi faire, ma tache me picote intensément, je m'apprête à me servir de mon pouvoir lorsque nos héros interviennent en se ruant dans la bataille. Les garçons, aidés par quelques passants, sautent sur ces voyous et à l'aide de leurs poings et de leurs pieds réussissent à nous dégager de leurs prises. Je m'effondre sur le sol et nous voyons nos kidnappeurs partir à toute vitesse, dans un bruit épouvantable.

Chapitre 35

Solveig

Nous sommes tous encore chamboulés par ce qu'il vient de se passer, Birdie et Sweetie ne me quittent pas d'une semelle. En nous dirigeant vers le parc, nos pleurs se mélangent à la sérénité du lieu. Nos copines essaient tant bien que mal de nous consoler et de comprendre ce que nous voulaient ces hommes, mais pour l'instant, nous n'arrivons pas à en parler.

Les garçons nous entourent et inspectent les environs, comme s'ils étaient nos gardes du corps, cela me permet d'être un peu plus concentrée sur mes frangines.

J'ai eu vraiment peur pour elles, ma Blondie était toute seule face à eux et son cri déchirant m'a fendu le cœur.

Nous prenons place à notre endroit habituel, tout le monde nous observe, je vois dans leurs yeux qu'ils n'osent pas nous poser les questions qui leur brûlent les lèvres, ils ont entendu, malgré l'agitation autour de nous, les mots de Naïa.

On savait qu'un jour ou l'autre il faudrait tout leur révéler, mais j'aurais préféré que ce soit en d'autres circonstances. Comment leur annoncer, leur avouer ce qu'on leur cache si difficilement depuis un peu plus d'un an ? Comment vont-ils réagir ? Le stress monte crescendo alors je me résous à prendre la parole en premier.

— À tous vous contempler, je pense que vous avez besoin d'éclaircissements, par où démarrer ?

Sacha se décide et commence en se raclant la gorge :

— Pourquoi avez-vous failli vous faire enlever ? Naïa tu as dit « *sœurs* », tu t'es trompée n'est-ce pas ?

Elle se résigne donc à lui répondre :

— C'est la vérité, nous sommes des triplées. Nous l'avons appris lors de notre soirée d'anniversaire, nous devions vous le dissimuler pour notre sécurité.

— Mais c'est fou ce que tu nous racontes là, enchaîne Xavier un peu abasourdi.

— Je le sais, et nous sommes désolées d'avoir dû vous mentir, nous voulions vous le dire, mais comment ? reprend-elle.

— En nous le relatant simplement et surtout sans tous ces non-dits ? se fâche Xavier, brusquement.

— Tu peux nous laisser nous expliquer avant de t'énerver ? commence à s'agiter Kalia. Elle essaie de s'exprimer et toi tu ne lui permets même pas de le faire. Alors tu baisses d'un ton et tu attends !

Je crois bien qu'il l'a trop asticotée, je continue pour calmer ma petite tête brûlée.

— Tout doux, ma puce, je vais reprendre, dis-je. Tout s'est déclenché au moment où l'on s'est rencontrées le jour de la rentrée. Nous n'étions que des inconnues, mais lors de la première nuit passée à l'internat, nous avons fait des rêves étranges, assez similaires. Quand nous avons admiré mon portrait de « *la mystérieuse femme rousse* », on a su que l'on voyait la même personne dans nos songes.

Manon prend la parole :

— Oh, mais c'est bizarre ça ! Et alors ça a donné quoi ?

— Notre enquête a débuté après qu'une drôle de tache soit apparue sur nos mains. Cela a démarré avec Kalia, pendant une promenade à la clairière qui est près de chez elle. Nous y sommes allées durant les vacances et avons éprouvé beaucoup de choses perturbantes à ce moment-là, comme une présence. Par la suite nos pouvoirs ont éclos, suite à l'émergence de cet angiome, montré-je au groupe. Certains événements nous sont arrivés, lors d'une très forte colère, tristesse, ou honte. Vous avez assisté à mon aptitude à la piscine.

— Comment ça des facultés ? saute Victor sur l'occasion.

— Sweetie peut interagir avec l'eau, Birdie avec la terre, quant à moi, c'est avec le feu.

— Arrêtez de plaisanter ! intervient Elouan, sceptique.

— Nous ne nous moquons pas de vous, peste Kalia.

— Au cours d'une conversation pour nous donner nos dates de naissance, nous nous sommes aperçues que nous étions nées le même jour, la même année au même endroit, et les heures se chevauchaient d'environ dix minutes. Nous avons donc décidé de fêter nos anniversaires ensemble dans ce fameux champ. C'est d'ailleurs ce jour-là que nos vies ont été bouleversées à jamais. C'est dans le cadre de cette soirée que l'inconnue nous est apparue, elle nous prévenait d'un danger imminent. Nous n'avons pas pu nous sauver, et ce sont les mêmes hommes qui nous ont attaqués tout à l'heure. Nos parents sont arrivés en groupe, alors qu'ils étaient censés ne pas se connaître. Ils ont évité une catastrophe, mais les explications qui ont suivi ont été très difficiles à intégrer, reprends-je.

— Comment ça, je ne comprends pas ? demande Sara.

— Nos proches nous ont appris que nous n'étions pas leurs filles biologiques. Nous sommes des triplées issues d'une lignée de sorcières par notre mère, la fameuse dame du portrait et de nos rêves, qui se prénomme Céleste. Après moult péripéties, elle a dû nous confier à ses meilleurs amis en leur promettant de ne jamais nous mettre en contact. Mais le destin en a décidé autrement. C'est ainsi que nous avons appris que notre père, Lilian, est mort en voulant nous défendre, et que ces chasseurs sont responsables de nos malheurs. Depuis ce moment-là, nous cachons aux yeux de tous notre véritable identité par précaution et pour vous protéger, assure Naïa.

— Je vois à vos têtes que vous avez du mal à nous croire, mais nous avons besoin que vous nous fassiez confiance, demande Kalia.

Naïa mate Xavier en pleurant, j'espère pour elle que leur histoire n'est pas finie à cause de tout ça. Je ressens sa détresse et je sens la magie affluer en elle.

La mienne prend peu à peu forme ainsi que celle de Kalia. Sweetie extrait une faible partie de l'eau du lac et elle dessine avec celle-ci un magnifique dauphin. Ma petite furie, elle, commence à modeler autour de celui-ci un nuage de poussière qui revêt les traits d'un majestueux scorpion. Quant à moi, je respire lentement et invoque un peu plus les éléments, une flamme s'anime dans ma main et rejoint les animaux qu'elles ont façonnés, en prenant la silhouette d'un somptueux phénix.

Ils nous observent, ainsi que nos créations tour à tour, médusés par ce qu'ils contemplent.

— Mais, je ne vous suis pas, elles n'existent pas, non ? J'étais persuadée qu'elles ne se rencontraient que dans les légendes, pour nous effrayer dans les histoires que l'on nous contait lorsque nous étions enfants, nous dit Sara.

— Non, nous sommes bien réelles, comme vous pouvez le voir, si l'on a décidé de tout vous raconter, c'est parce que nous avons foi en vous. Et maintenant vous risquez d'être vous aussi en danger, nous en sommes vraiment désolées. Nous ne pensions pas qu'ils connaissaient nos identités et encore moins où nous vivons. Si vous ne voulez plus nous fréquenter, nous l'accepterons, mais par pitié, s'il vous plaît, ne répétez pas notre secret ! supplie-t-elle en prenant le temps de s'approcher de son chéri.

Il la détaille de la tête aux pieds, plonge dans son regard larmoyant, et s'aperçoit que c'est toujours la même personne, celle dont il est tombé amoureux. Il s'avance lentement vers elle, l'enlace tendrement, en lui susurrant :

— Tu ne te débarrasseras pas de moi comme ça ma puce, je m'excuse pour tout à l'heure.

Elle lui répond, soulagée :

— Non, je comprends, ne t'inquiète pas, je t'aime tellement. J'avais très peur de ta réaction.

Elle l'embrasse et se retourne vers tous nos camarades.

— Je voudrais que l'on forme un pacte. Notre amitié est ce qu'il y a de plus beau pour nous, alors promettez-nous, pour ceux qui décideront de rester, de ne jamais divulguer notre véritable nature et d'être toujours là les uns pour les autres.

Nous nous mettons en cercle, puis nous tendons nos bras droits devant nous, de façon qu'on puisse poser nos mains les unes sur les autres. Après cela, nous prenons la parole à tour de rôle, le tout avec beaucoup d'émotion et le regard pétillant de vérité.

— Nous jurons, ici et maintenant, de vous protéger, de garder votre secret et de vous aider si les circonstances l'exigent. On vous aime !

Après ce magnifique serment, nous nous enlaçons tous et nous nous dirigeons vers le lycée et nos dortoirs pour une bonne nuit de sommeil réparateur. Nous sommes enfin soulagées de ne plus avoir de non-dits avec eux.

Chapitre 36

Congés et fêtes de fin d'année

Enfin les vacances, nous avons besoin de repos ! Nous sommes sur le qui-vive depuis la dernière attaque et les révélations que nous avons dû faire à nos acolytes. Cela a été éprouvant pour nous tous, et depuis nous veillons les uns sur les autres.

Rentrer dans nos cocons respectifs va nous permettre d'oublier un peu toutes ces tensions et nous ressourcer. Malgré tout, nous ne pouvons rester séparées longuement, alors on a décidé que les fêtes se dérouleraient tous ensemble.

Noël en famille, chez Solveig – Le Verger

Déjà le vingt-quatre décembre ! Le temps passe beaucoup trop vite et je n'ai pas l'impression de me détendre. Je regarde le paysage par la fenêtre de ma piaule, lorsque j'entends ma mère m'appeler.

— Solveig, tu veux bien descendre m'aider à décorer la salle s'il te plaît ?

— Bien sûr m'man, j'arrive.

Je remets mes chaussons et je la rejoins au pied de l'escalier. Papa a posé un gros épicéa près de la cheminée, il a également fait le plein de bois pour préparer une belle flambée pour le crépuscule. Comme ça nous serons bien, cela donnera un ton plus féérique à la soirée et ma petite mamie n'aura pas froid. Les chambres inoccupées, ainsi que le bureau, sont prêts à recevoir tout le monde à coucher, mes sœurs dormiront bien entendu avec moi, leurs matelas sont déjà installés.

— Quelles teintes choisit-on cette année ? questionné-je maman.

— En bleu et en blanc ! Qu'en penses-tu, chéri ? demande-t-elle à mon père.

— Parfait ! répond-il.

— Allons-y, commençons, lance Estelle gaiement.

Nous sortons alors toutes les décorations correspondantes, la nappe immaculée recouvre la grande table, qui a été déplacée pour pouvoir accueillir tous les convives. Les serviettes sont de coloris cobalt, les assiettes en porcelaine ont un petit liseré d'indigo foncé, la ménagère est libérée de son écrin ainsi que les verres en cristal !

Le sapin est fini, Olivier dispose l'ange tout en haut du conifère, et nous agrémentons les poutres apparentes ainsi que la cheminée de guirlandes et de bibelots. Un grand père Noël, qui émet de la musique traditionnelle, trône dans le hall d'entrée, de quoi nous rendre fous au bout de quelques heures !

Je vais me poser un instant dans le canapé et je regarde autour de moi. La nostalgie m'envahit quand je repense à mon enfance passée là, sans savoir qui j'étais vraiment. J'ai toujours été heureuse dans cette maison, la vieille bâtisse a été retapée totalement avant mon arrivée. Son toit en chaumes est magnifique, son ravalement lumineux et le jardin est gigantesque ! Je pouvais faire des parties de cache-cache avec ma famille, j'avais une balançoire au fond du terrain et de nombreux arbres et parterres de fleurs sont disséminés. Tout semble chaleureux ici, tout comme eux. Ils sont discrets, patients et attentionnés, très protecteurs à mon égard, et je comprends aujourd'hui pourquoi.

Ils me retrouvent, plongée dans mes souvenirs, et s'installent autour de moi pour un câlin réconfortant. Leur amour me réchauffe le cœur, je leur rends leur étreinte et en souriant, je demande innocemment :

— Que mange-t-on de délicieux ce soir ?

P'pa et maman éclatent de rire et me taquine sur mon appétit.

— Petite curieuse ! Tu ne veux pas avoir la surprise ?

— Non et non, déjà que je dois attendre pour ouvrir mes cadeaux… trépigné-je, en faisant une adorable moue digne du chat Potté.

— Bon d'accord, abdique-t-elle. Alors en entrées nous aurons un velouté de champignons frais, suivi de crustacés, saumon fumé et foie gras.

— Hum, j'en salive d'avance !

— Puis en plat, un chapon rôti avec des pommes de terre et des haricots verts. Plus tard viendront la salade et le fromage, puis la farandole de desserts !

Mes yeux s'écarquillent et deviennent brillants ! Ma gourmandise me perdra !

Il est maintenant temps de se préparer pour les festivités. Je choisis de porter une jolie robe longue, émeraude, le haut est simple, le décolleté en V met en valeur mon buste, les fines bretelles révèlent mes épaules et ma peau laiteuse. Mes taches de rousseur parsèment mon corps, et à cet instant, je trouve que je ressemble beaucoup à Céleste. Je décide de laisser ma crinière rousse tranquille et je n'attache que deux mèches pour éviter qu'elles ne tombent dans mon assiette. Un petit trait d'eye-liner et du mascara pour compléter mon look, un brillant à lèvres, et je suis prête.

Je sursaute et sors de ma rêverie en entendant la sonnette. Mes chères Naïa et Kalia sont enfin là ! Je leur saute dessus à peine la porte franchie, elles sont aussi élégamment vêtues que moi. Naïa en bleu et Kalia en violet. Les retrouvailles sont émouvantes et chaleureuses, les embrassades et les plaisanteries fusent déjà. Quel bonheur cette réunion de famille !

Le dîner est rythmé par des anecdotes sur nos jeunes années, nos « *petites* » bêtises, Laurent raconte des histoires drôles qui nous font rire aux larmes. Lorsque le dessert se termine, les paquets passent de mains en mains et nous ouvrons enfin nos présents. Nous recevons chacune un bracelet à l'image de notre constellation, chaque étoile est en zircon et la plus grosse est de notre couleur favorite. Naïa a une azurite, Kalia, une améthyste et moi une malachite. Sweetie est gâtée en matériels de dessin, Birdie en CD et tenues de danse, quant à moi, je découvre plusieurs livres ainsi qu'un carnet auteur…

Nous nous quittons pour la nuit, la voix mélodieuse de Céleste nous berce et nous nous endormons tranquillement, loin du chaos.

Nous arrivons au domicile de Kalia avec toute la troupe pour célébrer l'ultime jour de l'année, dans la plaine où tout a commencé. Nos parents n'étaient pas franchement ravis de nous laisser y retourner après les derniers événements. Les garçons ont promis de veiller sur nous, et Oliver, Estelle, Vincent et Claire sont présents chez Laure et Laurent.

Pour mettre tout le monde d'accord, nous avons fait un compromis, nous irons là-bas au moment du gâteau, juste avant minuit, avec nos camarades et les adultes resteront un peu en retrait pour garantir notre sécurité.

Nous avons opté pour des tenues confortables, dans la mesure où les nuits sont froides, et même si c'est un menu de fête, je compte les heures qui nous séparent du fameux « *gong* ». J'imagine déjà le baiser que j'échangerai avec mon chéri, le vœu que je ferai au moment du changement d'année. Je le contemple à la dérobée, mais il doit sentir mon regard, car il se retourne et m'offre un sourire à tomber ! Mes copines me charrient lorsqu'elles me voient rougir, et j'éclate de rire avec elles.

Il est l'heure de passer à table et je suis ravie d'avoir tout mon petit groupe autour de moi. On s'amuse, on chante, on parle de tout et de rien, nos proches osent sortir des photos de nous, bébés ! La honte ! Je n'arrive pourtant pas à être contrariée lorsque Xavier me dit discrètement à l'oreille :

— Tu étais déjà très belle ma puce. Si je t'avais rencontré en maternelle, tu aurais été mon unique princesse et je n'aurai regardé que toi !

Je l'embrasse alors doucement, et j'entends mon père grogner. Il se redresse sur-le-champ et nous nous esclaffons joyeusement.

— Allez, tout le monde, on enfile son manteau, il est l'heure ! nous interpelle maman.

Nous nous habillons à toute vitesse, montons en voiture puis direction l'orée de la barrière derrière laquelle se cache Céleste. Mon cœur tambourine d'excitation dans ma poitrine, je sens ma tache chauffer légèrement, par conséquent je la caresse tendrement.

Dès l'arrêt du véhicule, nous nous pressons de sortir bruyamment. Mes sœurs sont aussi impatientes que moi, nos amis semblent un peu intimidés à l'idée de rencontrer une sorcière, plus puissante que nous. Je prends Xavier par la taille, et nous partons sur le chemin, nos gardiens sur les talons. Victor et Maël portent les sacs contenant desserts et boissons, ainsi que le nécessaire à notre petite soirée.

Arrivés à la clairière des songes, j'attrape Kalia et Naïa et nous avançons, les doigts entrelacés, à la rencontre de Céleste. Nous sentons sa présence grâce à la chaleur de son aura et à l'attachement maternel qui s'en dégage. Elle apparaît finalement, sortant de nulle part, nos camarades restent bouche bée devant elle. Elle s'approche en douceur, nous ouvre les bras et nous nous y jetons en pleurant. Les émotions sont très fortes, la magie brille autour de nous, celle de Céleste nous entoure et elle se met à chanter paisiblement, laissant couler des perles d'eau salée sur son beau visage.

— Mes princesses adorées, je vous enlace enfin ! Vous m'offrez le plus joli des cadeaux, que je désespérais d'avoir ! Je rêvais tant de nos retrouvailles…

Elle aperçoit au loin ses complices de toujours, elle leur sourit chaleureusement et leur adresse un petit signe, heureuse. Puis, en s'écartant de nous, elle observe les nôtres.

— Vous êtes les sentinelles qui veillent sur mes précieuses filles ? leur demandent-elles.

Ils acquiescent timidement, et elle désigne Xavier.

— Tu dois être celui qui fait battre le cœur de ma Naïa, n'est-ce pas ?

Il s'approche, tend sa main vers elle et   lui répond :

— C'est bien moi, Madame. Naïa est mon ange, celle qui a su me conquérir et je la protégerai, tout comme Sol' et Kalia, je vous le promets.

Je me blottis contre lui, encore plus amoureuse, et je dis à Céleste :

— Nous avons été obligées de leur raconter toute la vérité sur nos liens et nos pouvoirs, nous avons fait le même type de pacte que celui que tu as fait plus jeune. Ils veillent tous sur nous, et lui, particulièrement sur moi, rougis-je.

Nous lui présentons alors toute la troupe, nos adoptants nous rejoignent et nous dégustons nos gâteaux tous ensemble. Les étoiles sont éclatantes, le ciel est totalement dégagé, pas un nuage à l'horizon. Nous sommes seuls au monde…

Enfin, pas autant que nous le croyons… Dissimulé dans un buisson, caméra au poing, un homme a filmé toute la scène. Toutes nos paroles ont été enregistrées, dévoilant nos véritables identités… Notre désir de voir notre mère biologique nous a fait oublier l'essentiel : la prudence.

Et nous allons bientôt en payer le prix.

Chapitre 37

Malaury

Cela fait maintenant plusieurs jours que mes espions sont disséminés un peu partout, autour des lieux de vie de ces trois filles, afin de savoir quels liens les unissent. Le moindre de leur geste est suivi à la trace et analysé par mes équipes, dans l'intention de regrouper tous les renseignements. Je ne comprends pas pourquoi mes chasseurs super entraînés n'arrivent pas à mettre la main sur ces banales adolescentes, et cela a le don de me faire enrager.

J'effectue les cent pas dans mon bureau en guettant le retour de l'un de mes subalternes, qui a soi-disant appris des informations importantes. Je bous littéralement, je peine à me contenir tant je trouve qu'il prend son temps pour venir.

Deux coups à la porte agissent comme un détonateur et ma pression grimpe d'un cran :

— Dépêche-toi d'entrer, je n'ai pas que ça à faire ! grondé-je.

Rodrigue s'introduit rapidement dans la pièce, se met immédiatement au garde-à-vous, et me parle sans attendre.

— Madame, j'ai des nouvelles fraîches, qui je pense nous permettrons de résoudre certaines énigmes.

— Oui, eh bien arrête de te faire mousser et raconte-moi tout ! asséné-je.

Il se dandine sur ses deux jambes, mal à l'aise. Je sais très bien qu'ils me craignent tous et c'est exactement ce que je souhaite. J'adore voir l'état de fébrilité dans leur comportement et leurs regards, qui augmente à chaque ordre ou parole que je prononce. Un frisson d'excitation passe au travers de mon corps et j'en joue plus encore.

— Tu comptes sur moi pour deviner ce que tu as découvert ou tu as besoin d'un peu d'aide pour te sortir de ta léthargie ? commencé-je à m'impatienter en m'approchant dangereusement de lui.

— Non, cheffe, déglutit-il nerveusement. Lors du réveillon j'ai suivi les jeunes femmes, leurs parents et amis jusqu'à la clairière où a eu lieu la première attaque. Je peux vous dire que ce que je vais vous annoncer risque de vous mettre dans une colère noire.

— Parle ! Arrête avec ce suspense inutile et dis-moi ce que tu as à me divulguer, crié-je en l'empoignant par le col de son t-shirt. Je le plaque violemment contre le mur le plus proche, resserre ma prise sur son vêtement, mon visage à quelques centimètres du sien.

Il bafouille, a du mal à respirer et à trouver ses mots.

— Elles… ont… un… lien avec… Céleste ! me sort-il enfin après quelques secondes de ce traitement.

— Lequel exactement ? Elle n'a plus de famille !

— Non, plus aucune. Mais ces jeunes la connaissent, elles avaient l'air très intimes, comme des disciples, me dit-il en regagnant son souffle.

J'entre dans une fureur dévastatrice, tout ce qui me passe sous la main vole en éclat sous mes assauts, Rodrigue se sauve avant que je ne m'en prenne à lui. Il faut absolument que je recouvre un peu de contenance, mais c'est plus fort que moi.

Au loin, j'aperçois la cellule de mon cher mari au travers de la fenêtre et je sais exactement ce qu'il me reste à faire. Je veux qu'il souffre au centuple, qu'il demeure totalement à terre, pour qu'il soit tout à moi, à ma merci. J'ai besoin de ça pour réussir à me calmer. Cette satanée bonne femme va finir par me rendre chèvre. M'en prendre à Audric est mon passe-temps favori et je ne compte pas m'arrêter de sitôt. Il continuera d'en baver tant qu'il ne sera pas mort !

Je sors du bâtiment et me dirige lentement vers sa geôle, il me remarque et s'agenouille aussitôt à côté de son lit en baissant la tête. C'est bien, brave esclave ! songé-je. Il ne s'attend pas à ce qui va lui tomber dessus et je frétille d'impatience de l'anéantir moralement, j'aime tant le voir se décomposer sous mes joutes verbales, ou après une bonne et longue séance de tortures, je ne m'en lasse pas et je pense que je ne m'en dégoûterais jamais !

J'ouvre la porte brutalement et l'empoigne par la gorge en dirigeant son visage vers le mien.

— Alors mon chéri, ta journée se passe bien ? lui postillonné-je sur la figure en l'embrassant sauvagement et en lui mordant rageusement la lèvre. Un léger filet d'hémoglobine en sort et il gémit de douleur.

— Ça allait très bien jusqu'à ta venue, oui, me répond-il avec insolence, en essuyant les perles rougeâtres avec sa main, d'un air dégoûté.

— Oh ! Comme ça tu veux jouer les rebelles ? Si tu désires t'amuser mon gars, on va le faire, mais je te préviens que tu as déjà perdu la partie…

Je relâche la pression exercée sur sa mâchoire et le bouscule avec férocité et il atterrit alors dans un coin de la pièce. Abasourdi par la puissance de mon geste, il essaie tant bien que mal de se rattraper au meuble le plus proche, malheureusement pour lui, le sang mêlé à la sueur l'en empêche. J'entends à ce moment-là un son ravissant : un horrible craquement sourd résonne dans la cellule ! Le supplice qui en découle me fait frissonner d'extase.

Je ris à gorge déployée face à son mal-être, ce n'était pas voulu, mais ce petit extra me réjouit.

Il s'efforce alors de se relever en maintenant son membre qui a pris une drôle de position. Je le rejoins rapidement, attrape son bras gauche et tire dessus de toutes mes forces pour le redresser dans le bon angle. Il ne faudrait surtout pas qu'il se remette mal, comment ferais-je s'il ne peut plus l'utiliser pour me servir ?

Ma manœuvre l'a surpris et le hurlement qui s'en suit lui déchire la voix. Je jouis littéralement sous ses cris, j'ai des difficultés à cacher mon plaisir alors que mes sentinelles, et surtout son bâtard de fils, sortent en entendant la détresse de mon prisonnier. Quel magnifique spectacle !

— Putain, tu es véritablement une sacrée salope ! enrage-t-il, complètement enroué.

— Oui, mon amour, c'est tout à fait vrai. J'adore observer la souffrance parcourir tout ton être, je te fais payer ces années d'affronts. Cependant je suis gentille avec toi puisque je t'ai remis l'os en place. N'est-ce pas, mon trésor ?

— Tu devrais revoir la définition dans le dictionnaire, me dit-il effrontément, en serrant les dents.

— Tu commences à avoir un peu trop de répondant Audric, tu vas vite redescendre si tu ne veux pas subir encore plus mes foudres ! lui hurlé-je dessus.

Il baisse la tête afin de se ressaisir et moi je décide à cet instant de lui avouer pourquoi je suis ici. J'aspire à ce qu'il soit plus bas que terre. Je reprends donc ma tirade en me mettant à sa hauteur :

— Tu sais ce que je viens d'apprendre mon cher mari ? dis-je en lui caressant négligemment la jambe. Tu te rappelles, TA pétasse de sorcière…

Je le fais languir, je m'attarde, je laisse glisser de longues minutes, le temps d'aiguiser le pieu pour l'enfoncer un peu plus loin dans son cœur, sa douleur n'en sera que plus forte.

Il me considère avec une certaine lueur d'espoir dans les yeux, mais je vais lui retirer tout ça…

— Tout ce que tu proféreras n'est que mensonge ! Tu es juste jalouse de mon amour, elle sera à jamais la femme de ma vie… me dit-il la voix chargée d'émotions.

— Ah, mais vas-y, continue ton insolence, je vais prendre un malin plaisir à te remettre à ta place, esclave. Alors, arrête de jouer avec mes nerfs.

Il se racle la gorge et je pense qu'il comprend enfin, dès lors j'insiste et lui assène le coup fatal.

— Une nouvelle lignée de sorcières est apparue il y a peu, ces trois adolescentes sont en relation avec le fantôme de ton ancien vide-couilles. Et comme tu le sais, tous ceux qui ont un lien de près ou de loin avec cette garce, je me délecte joyeusement de les faire souffrir et de les détruire ! J'ai hâte de les avoir entre mes mains et qu'elles subissent les pires sévices pour qu'elles m'avouent leurs origines et leur filiation…

— Mais tu es complètement folle ! Tu ne peux pas toutes les tuer ! Cela va à l'encontre de nos lois ! Quand vas-tu prendre conscience du dérèglement cosmique que tu crées en réalisant ton projet ?

— Mais, je n'en ai rien à faire, cette sale race doit disparaître à jamais et je compte bien y passer le reste de ma vie !

Audric me juge avec ahurissement face à mes confessions, ses larmes coulent à flots. Lui qui aime tant cette espèce, il ne pourra plus jamais les sauver ! Il se recroqueville sur le sol et je le laisse là, sans plus aucune once d'espoir. J'ordonne aux hommes d'enfermer Angus dans sa chambre pour qu'il n'aide pas son père et de les abandonner sans nourriture tous les deux, jusqu'à nouvel ordre.

Chapitre 38

Audric, dans sa cellule

Je suis prostré dans mon lit, j'ai pu tant bien que mal me hisser sur le matelas et caler mon bras pour essayer d'atténuer les salves douloureuses. Malheureusement, sans médicaments ni véritable immobilisation, je crains de ne pas pouvoir dormir. C'est vraiment une garce ! Si elle pouvait m'abattre de suite, je suis certain qu'elle n'hésiterait pas une seule seconde… L'anéantissement grignote un peu plus chaque jour mes espoirs de liberté. Je dois garder la tête haute pour mon Angus, qui souffre autant que moi du manque d'affection de sa famille. J'adorerais tant rejoindre les bras bienveillants et doux de ma bien-aimée Céleste !

Je m'installe du mieux possible sur mon oreiller, fixe le plafond et repense aux paroles pleines d'aigreur de Malaury.

Comment a-t-elle pu fomenter ce genre de plan ? Est-ce la folie qui lui gangrène le cerveau ? Elle est prête à défier les lois qui régissent notre communauté et ce qui nous lie aux sorcières pour assouvir sa vengeance ! Je ne sais pas encore comment empêcher cela de se produire, mais il va falloir que j'essaie quelque chose. Je ne peux pas risquer une implosion des magies, les dangers sont bien trop grands pour l'humanité…

En patientant, je replonge dans mon passé, à ma rencontre avec ma belle, à la passion qui nous a réunies de façon si inattendue. Même lorsque nous avons parlé de nos origines si différentes, nous n'avons pu nous résoudre à nous séparer. Être ensemble était une évidence…

Mes souvenirs remontent à la surface et je nous revois heureux dans cette petite maison proche de la forêt, avec mon bambin dans mes bras, lové dans mon cou. J'imagine ce qu'aurait été mon existence si nous avions pu vivre intensément notre amour… Une grande chaumière, de beaux chérubins, ma douce femme auprès de moi, je me serais alors épanoui dans mon métier de prof de sports, j'aurais soutenu ma fiancée dans son envie d'apprendre la magie à nos descendants !

Une larme solitaire coule sur ma joue devenue râpeuse, je ne cherche même pas à l'essuyer, j'évacue ma souffrance. Je viens de la perdre pour la deuxième fois, mon deuil n'était pas encore fini, que j'ai la sensation de devoir en commencer un autre… Est-ce que je suis condamné à vivre éternellement ainsi ? Les sanglots s'échappent soudainement, je me couvre la bouche aussitôt afin de ne pas faire de bruit. Je ne peux me permettre de laisser libre cours à mes émotions, surtout après le déchaînement de violence de tout à l'heure. Je suis épuisé de subir les tortures, railleries et méchancetés de mon épouse. Je maudis mes parents de m'avoir laissé dans les griffes acérées de cette mégère aigrie et avide de pouvoir. J'espère les revoir dans l'avenir et qu'ils soient témoins de ma déchéance et de mes supplices !

Je finis par sombrer dans un sommeil agité, peuplé de bébés aux billes vertes, de cheveux roux et de tourments monstrueux.

Le jour se lève bien trop vite à mon goût et péniblement, je m'extirpe de ma couchette, marche avec prudence jusqu'au lavabo pour me réveiller un peu. L'élancement est si vif qu'il me vrille le crâne, j'ai envie de me taper le front contre le mur pour plonger dans un coma profond, et si possible ne plus jamais en sortir ! Je m'apprête à me fracasser la tête quand j'entends une voix chuchoter :

— Papa, papa, c'est moi, retourne-toi s'il te plaît !

Je me pince le nez fermement pour qu'il ne voie pas mon désarroi, je prends une inspiration et pivote vers lui. Je comprends à son ton qu'il se cache et qu'il désobéit aux ordres du tyran.

— Mon fils, que fais-tu donc là ?

— J'ai réussi à acheter des cachets pour toi, il faudrait que tu les dissimules et que tu en avales tout de suite, tu ne peux pas rester dans cet état-là, elle va finir par te tuer...

Au chevrotement de sa voix, je ressens son inquiétude et je m'approche, lui prends le cou à travers les barreaux de ma cage.

— Tu sais que je ne peux rien cacher ici et que si on découvre que tu m'aides, tu vas être gravement puni...

— Angus, espèce de sale petit bâtard ! hurle soudain Malaury, en arrivant vivement vers nous.

Je sursaute et le supplie de partir d'un seul coup d'œil, il refuse de m'abandonner en serrant fortement mon poignet, ce qui déclenche une nouvelle salve insupportable de douleurs et cela menace de m'ensevelir d'un instant à l'autre.

Elle le saisit par son manteau et le jette violemment à terre, avant d'ouvrir ma prison, de me pousser sans aucune délicatesse sur ma chaise. Je m'accroche maladroitement au dossier de celle-ci puis je m'effondre dessus. J'ai des sueurs froides, mal partout, je crains de m'évanouir et de prendre des coups de pied.

Elle le relève, l'amène près de moi.

— À genoux ! rugit-elle.

Il s'exécute, me scrute avec l'envie d'en découdre, mais je pose ma paume sur son épaule en le suppliant de se tenir tranquille. Il soupire puis se soumet à mon ordre muet.

— Que fais-tu ici ? Je t'ai pourtant interdit d'approcher la geôle de ton paternel ! Tu veux qu'il souffre encore plus ? Ou tu préfères prendre sa place, peut-être ?

— Non, Madame, je souhaitais lui rendre visite et avoir de ses nouvelles. Je ne supporte pas de le voir dans cet état, c'est inhumain ! crie-t-il.

Malaury le gifle vigoureusement, son arcade sourcilière tape sur l'angle de la table et du sang gicle sous le choc. Je hurle par la surprise, Angus se tient le visage en geignant. Elle l'agrippe alors par le col et commence à le cogner avec ses poings, elle se déchaîne, je sens toute sa haine affluer et je crains pour sa vie.

Dans un effort surhumain, je me lève, l'attrape par la gorge et je serre. L'adrénaline coule à bloc dans mes veines, j'en oublie toute pensée cohérente, la fureur m'aveugle et j'entreprends de la soulever. La stupeur se lit dans ses yeux, la colère déforme ses traits, elle essaie de se libérer de mon étreinte sans succès. Je combats contre mes propres démons, refuse d'abandonner ma proie…

Tout à coup, une dizaine de gardes entre, m'encerclent et me frappent afin de me faire lâcher-prise. Je ne peux lutter plus longtemps, ils sont trop nombreux ! Je tombe, entraînant Malaury avec moi, mes doigts se desserrent et elle se dégage immédiatement.

Elle se relève, frotte sa gorge endolorie, elle ressemble à une furie tant elle est possédée. Son regard hagard, vide d'empathie, se fixe sur moi et elle s'acharne contre mon pauvre corps meurtri. Je sombre dans un trou noir sans fond.

Sa faction m'entoure, ils m'ont attaché sur mon siège, et elle attend que je reprenne totalement mes esprits. Une fois fait, elle se décide à me parler.

— Observe bien ce qui se passe dans la cour, le spectacle devrait te plaire, mon chéri.

Je scrute la foule qui s'écarte docilement et d'un seul mouvement, c'est alors que je le découvre, nu jusqu'à la taille, accroché par les bras, ses pieds ne touchent pas le sol. Je me lamente devant ce tableau déchirant.

— Rodrigue, fouette-le jusqu'à ce qu'il perde connaissance ! J'exige de contempler de belles perles rouges et écarlates sur son tatouage, je veux me délecter de cette vision, ricane-t-elle.

Je lève mon visage vers elle, tente de l'implorer, mais elle me menace.

— Dis un seul mot et il sera battu jusqu'à ce qu'il meure ! Tu as bien compris ?

J'opine du chef, me dissimule la vue pour ne pas assister à ça lorsqu'une claque derrière la nuque me les fait ouvrir instantanément.

— C'est de ta faute tout cela, alors enregistre bien cet instant dans ta mémoire…

Elle se rapproche de mon oreille et me chuchote :

— Je vais me servir de lui, il sera l'instrument de ma vengeance ! Il anéantira de ses mains les dernières représentantes de son espèce !!!

Elle quitte mon cachot en riant à gorge déployée, me laissant seul avec mes remords.

Quinze minutes plus tard…

Un quart d'heure de supplice et j'aperçois la tête de mon ange tomber sur le côté. La douleur a eu raison de lui, il s'est évanoui. Je pleure en silence, je m'en veux terriblement. Je clos fortement mes paupières et espère rejoindre Morphée pour quelques heures, toujours sanglé.

Aaden

Mon jumeau m'ordonne de détacher Angus de là et de le ramener dans sa chambre. Je m'exécute en silence, le libère de ses liens et le passe par-dessus mon épaule pour le monter dans sa prison.

Je refuse l'assistance de deux hommes et préfère m'occuper de lui tout seul. J'arrive à ouvrir sa porte, entre, puis le dépose doucement sur son lit. C'est la première fois que je pénètre dans cette pièce, je découvre l'univers de mon demi-frère, que je connais à peine tant Mère nous a éloignés de lui pendant notre enfance.

Je devrais l'abandonner de cette façon, sans soin, sans aide, mais je ne peux m'y résoudre. Alors je ferme à clé, puis entreprends de le déshabiller, je débute par les chaussures puis le pantalon. Ensuite, je me dirige vers sa salle de bain, cherche de quoi désinfecter ses plaies et le rafraîchir un peu. Je prends plusieurs serviettes, des gants et une bassine d'eau tiède savonneuse, ainsi qu'un antiseptique, du baume et des compresses.

Je le bascule légèrement et commence par laver son visage, son torse et ses mains. De gros cercles violets cernent ses poignets, dus aux cordes qui le maintenaient en position. Je badigeonne ses blessures d'onguent et les entoure de pansements propres.

Je déplace son corps imposant afin de l'installer sur le ventre de façon à ce qu'il puisse respirer correctement.

Mon pauvre frère, pourquoi te traite-t-on ainsi ? Tu n'es pas responsable des décisions de tes parents ! Je ne suis absolument pas d'accord avec tout ce qu'il se trame ici, mais je n'ose pas me rebeller ni contre elle ni contre Adriel.

Je plonge un gant propre dans la préparation puis nettoie consciencieusement les nombreuses marques laissées par le fouet. Une perle d'eau salée s'échappe sans que je puisse l'en empêcher. Je désobéis sciemment à Malaury, mais je ne peux me résoudre à le délaisser…

Après un second passage, je rince délicatement son dos, puis attrape le tube de crème cicatrisante et en mets une couche épaisse sur toute la surface. Je lui fais un bandage en essayant de ne pas lui occasionner plus de mal, puis l'allonge en laissant près de lui, des cachets contre la douleur, une boisson et les deux pommes que j'ai dans la poche de mon cargo, au cas où il aurait faim en s'éveillant.

Je lui dépose un mot sur sa table de chevet, je cours de gros risques en agissant comme ça.

Angus,

J'ai pris l'initiative d'aseptiser et de soigner tes nombreuses plaies afin de t'éviter une infection (et également pour sauver ton magnifique tatouage !). Avale ces cachets dès ton réveil, ne fais aucun mouvement brusque et alimente-toi un peu. J'essaierai de revenir t'apporter de nouveaux calmants, de la nourriture et changer tes pansements.

Tu n'es pas aussi seul que tu le crois…

Ton frère,
Aaden.

Audric

Dans la nuit, la douleur est si forte que je tombe plusieurs fois dans les vapes malgré les claques portées par mes gardes. Malaury m'examine sous toutes les coutures et même si elle m'a replacée l'épaule, une bosse et un gros hématome déforment ma stature. Contre toute attente, elle décide de me transporter aux urgences. Après les radios et avoir été vu par différents médecins, je suis hospitalisé et opéré immédiatement. J'aperçois l'occasion de parler de mes conditions de vie, mais c'est sans compter sur l'intelligence de mon épouse, qui reste à mon chevet jour et nuit. Cette comédienne fait même fuir les infirmières sous ses airs de femme jalouse…

Chapitre 39

Xavier

Aujourd'hui est un jour particulier pour ma douce Naïa, et ses sœurs, elles fêtent leurs majorités ce soir, entourées par leurs familles et nous tous. Nous sommes conviés chez elle, j'ai tellement hâte de l'embrasser et qu'elle découvre nos surprises. Nous avons fait le choix d'une création commune produite pour elles toutes et j'ai juste ajouté ma touche personnelle pour le dernier.

Je me presse de regagner l'automobile d'Agathe. Maël et Clément sont déjà là, pour réaliser le trajet pour aller chez ma dulcinée. Les autres nous retrouvent sur place, ils font aussi du co-voiturage. Devant chez Naïa, Lola récupère le sac dans le coffre. Elle se hâte de rejoindre la bande qui s'est formée pour qu'on puisse se dire bonjour et être en groupe sur le seuil des reines de la soirée.

Nous toquons et c'est Claire qui nous ouvre la porte, un grand sourire aux lèvres.

— Ah les jeunes ! Vous voilà, les filles vont être heureuses de vous voir.

Nous passons en file indienne devant elle, tout en lui faisant un petit signe de la main, nous profitons du fait que les triplées soient de dos pour les surprendre. Je m'avance lentement près de ma princesse et lui chuchote à l'oreille :

— Joyeux anniversaire ma puce !

Elle se retourne le sourire aux lèvres et ses yeux pétillent de bonheur. Nous nous embrassons sous les taquineries amicales. Tout le monde se salue et le bal peut enfin débuter avec l'arrivée des derniers invités.

Les proches de Kalia, Solveig et Naïa n'ont pas lésiné sur les dépenses, un traiteur est sur place pour nous servir en apéro un assortiment de verrines entre terre et mer, elles sont accompagnées par du vin blanc, et un apéritif sans alcool est aussi prévu pour nous, les plus jeunes. Elles font l'unanimité auprès de nous tous. Le mets principal est constitué de diverses viandes et de poissons avec des légumes qui fondent en bouche. Le dîner se passe joyeusement, leurs familles ne se gênent pas pour nous narrer les exploits accomplis durant leurs tendres années. Entre chaque plat, divers jeux, comme celui du calendrier, nous sont proposés pour nous permettre de digérer et de partager des souvenirs mémorables. Le photobooth a énormément de succès, tout le monde se déguise ou réalise de multiples grimaces ! Certains préfèrent rester naturels et chacun pose avec les personnes qu'il souhaite.

Avant le dessert, on passe à la distribution des présents, la famille les donne en premier puis vient enfin notre tour. Élouan s'adresse alors au trio en leur tendant le paquet :

— Nous avons décidé de vous offrir quelque chose confectionné en commun. On vous côtoie maintenant depuis plus d'un an et nous connaissons aujourd'hui votre lien et votre secret. Nous avons fait la promesse de veiller sur vous et de vous soutenir dans votre vie de sorcières bienveillantes.

Il reprend son souffle, la voix un peu tremblante.

— Grâce à l'aide de votre entourage nous avons créé ceci pour que vous puissiez lever le voile sur vos origines, votre lignée, et on pense sincèrement que cela renforcera votre relation si unique et précieuse.

Il leur tend alors le colis, elles semblent légèrement déconcertées par ce discours solennel.

Les triplées le saisissent et le déballent ensemble, leurs larmes brouillent leurs yeux au fur et à mesure de la découverte. Un superbe album décoré soigneusement par Sara, Manon, Léa, Clément et moi, avec tout un tas de photos qui, nous le savons, n'ont jamais été vues par elles. Elles ont été données par leurs parents, il y a aussi des mots, des annotations, des poèmes faits par Agathe, Lola, Ludo, Victor, Bastien, Élouan et Sacha. Nous l'avons créé sur mesure pour leur vie si incroyable. Il leur reste plein de pages pour qu'elles puissent le compléter.

Elles ne peuvent retenir leurs pleurs et en même temps leurs sourires s'agrandissent, elles nous regardent tendrement et nous ressentons leur bonheur. Ce n'était pas le but, mais nous savons qu'il est unique pour elles, comme les magnifiques bracelets qu'elles se sont offerts.

Chacune d'elles arbore une chaînette en argent, la maille très fine est entrelacée, elle forme une vague et à chaque creux trônent des pierres naturelles en fonction de leur don. Kalia porte une obsidienne, Solveig, une opale de feu et Naïa, une aigue-marine.

Je prends ma petite amie dans mes bras pour chasser ses perles d'eau salée, tandis que nos camarades enlacent le duo pour un câlin collectif. Je suis très stressé par ce qu'il me reste à faire. Je profite du brouhaha général pour l'emmener discrètement à l'écart dans le jardin. J'ai les mains moites, j'ai l'impression que ma poche pèse une tonne. J'attends quelques instants pour m'assurer que Naïa s'est remise de ses émotions.

— Ma chérie, ça va mieux ?

— Oui, c'est vraiment magnifique ce que vous avez réalisé ! Découvrir des clichés de notre naissance et avec notre mère biologique nous a réellement touchées. C'était la première fois que nous les voyions.

— Oui, ils ont été géniaux de bien vouloir nous les donner pour compléter les pages de votre nouvelle vie révélée. J'ai une dernière petite surprise pour toi…

— Mais non, mon cœur ! Il ne fallait pas, vous nous avez vraiment gâtées.

— Je le sais, mais je désirais quelque chose de très spécial, pour toi, la plus belle de toutes !

Je lui tends le paquet avec une boule au ventre et un nœud dans la gorge. Elle le prend et l'ouvre délicatement. Sa bouche forme un O de stupéfaction en découvrant ce qui se cache dans le petit coffret.

— Mais tu es fou !

Je suis au courant que ce que je vais prononcer est totalement cliché, mais je ne trouve pas d'autres mots à lui dire.

— Oui, complètement dingue de toi !

Elle me caresse la joue puis je lui passe son bijou avec douceur. Elle lui va à merveille et met en valeur la finesse de ses doigts et de ses magnifiques iris bleus. Son anneau en or blanc possède un saphir situé en son centre, la forme ressemble un peu d'ailleurs au bracelet qu'elle porte.

Je reprends la parole :

— Je t'offre cette bague en symbole de notre amour. Celui que je ressens pour toi est si fort, qu'il te le prouve tous les jours. Quand tu l'admireras, rappelle-toi que mes sentiments grandissent chaque heure un peu plus, je te promets de te protéger à chaque instant, tu es la personne la plus importante pour moi, la seule qui a volé mon cœur et mon âme.

Elle me contemple, émue par mes paroles et ne trouve pas les siennes, je la vois chercher et elle me surprend en se jetant à mon cou et en me déclarant mille et un mots d'amour entre plusieurs embrassades. Je pense que cette soirée sera à jamais marquée dans notre mémoire. Nous rentrons main dans la main et toute la troupe ainsi que ses sœurs se ruent sur nous en faisant une danse endiablée.

Celle-ci continue jusque tard dans la nuit sous notre insouciance et notre surveillance moins accrue.

Mais dissimulé dans l'ombre, à l'abri des regards, se cache un homme qui filme, prend des photos ainsi que des notes de tout ce qu'il voit et entend afin de pouvoir faire un compte-rendu à Malaury.

Chapitre 40

Adriel – Espion des chasseurs – chez Naïa

Caché dans l'obscurité depuis des heures, il devient très urgent que je me dérouille les jambes. Les voir festoyer et manger me donne envie de les rejoindre pour déguster leur banquet et les observer de plus près. J'ai hésité à me faire passer pour un commis du traiteur, mais je n'aurais pas pu prendre autant de photos ni filmer les différentes scènes auxquelles j'ai assisté.

J'ai l'intention de prouver à ma daronne que je suis digne de confiance pour être son bras droit, je note donc le moindre détail qui me semble important. J'écris les identités des personnes présentes, je fais des schémas pour étayer mes comptes-rendus. J'espère qu'elle va enfin ouvrir les yeux et m'accorder un peu d'affection. Rien que de penser à cela me met en rogne.

Ces satanées sorcières lui ont gâché la vie ! C'est de la faute de cette salope de Céleste que Malaury est devenue méchante, sadique et obsédée par la vengeance. À cause d'elle, mon frère et moi n'avons pas eu de tendresse de sa part ni même de notre père, car il a osé fricoter avec ces ordures…

Je bouillonne, j'ai une furieuse envie de tout casser dans cette fête et d'amener directement ces trois pimbêches à notre quartier général ! Je m'apprête à me lever lorsque des hommes d'une quarantaine d'années sortent pour prendre l'air. Se croyant à l'abri, ils discutent joyeusement et sans filtre.

— Un peu trop d'émotions ce soir, vous ne trouvez pas ? questionne Laurent.

— Oh oui, tu as raison, les événements se sont enchaînés depuis que l'on a tout dévoilé aux triplées, ajoute Vincent.

— Céleste peut vraiment être fière d'elles ! Autant que nous le sommes tous... J'aimerais tellement que cette chasse s'arrête et qu'on puisse enfin être réunis et qu'elle apprenne à connaître les charmantes jeunes femmes qu'elles sont devenues !

Je reste estomaqué face à cette révélation, heureusement que la caméra tourne sinon Malaury n'y adhérerait pas... Je me réinstalle confortablement et sans bruit pour m'assurer d'écouter la totalité de cette conversation fort intéressante.

— Dix-huit ans déjà ! Le temps est passé à toute vitesse, je n'y crois pas, soupire Olivier. Je me revois pourtant changer sa couche, lui donner le biberon...

Ils se font une accolade et se sourient, puis se décident à rentrer dans la pièce pour regagner la fiesta, car leurs femmes les appellent pour poursuivre le repas.

Je profite de ce moment de calme pour grignoter un morceau et boire un peu, puis m'éloigne de ma cachette pour me soulager. Une fois fait, je retourne me positionner au même endroit, au cas où d'autres convives seraient disposés à sortir.

Il commence à être tard, je vois les jeunes se rassembler et prendre un cadeau. Un discours est prononcé et j'ai la chance que la fenêtre soit ouverte pour tout entendre. J'apprends ainsi qu'elles sont nées le sept avril deux mille deux, soit un mois après ma naissance et celle d'Aaden ! Une ébauche de plan se dessine dans ma tête, dans la mesure où nous avons le même âge, nous pourrions peut-être intégrer leur lycée… Il va falloir que j'en glisse un mot à ma mère tout en la laissant croire que cette idée vient d'elle ! Je suis aussi machiavélique qu'elle ! À cette pensée, mon sourire se fait encore plus carnassier.

La blonde et son mec sortent seul à seul sur la terrasse. Il me semble bien nerveux ce garçon ! Je ricane intérieurement, ils paraissent si amoureux que je trouve ça désolant. Une gonzesse, ça se jette après avoir été utilisée pour satisfaire nos instincts primaires, pas d'attaches, pas de sentiments.

Xavier tire de sa poche une petite boîte et vu la réaction de cette cruche, cela doit être un bijou. Pfff, mais quel idiot, on n'offre pas de bijou à une fille ! C'est le meilleur moyen de se faire passer la corde au cou ! Bah voilà, qu'est-ce que je disais ! Une bague ! Il lui a offert un anneau ! Mais franchement il mérite des baffes…

Je note tout son discours sur son éternel amour, je suis écœuré rien que de l'entendre étaler autant de guimauve ! Toute une éducation sentimentale à revoir !

— Naïa, Xavier, vous comptez coucher dehors ? hurle joyeusement Lola.

— Vous vous bécoterez quand on sera retournés à Bréquigny, se marre Sasha.

— Bande de jaloux ! s'esclaffe-t-il.

Il attrape sa copine par la taille et l'embrasse à pleine bouche sous les sifflets de leurs amies. Puis ils rentrent à leur tour.

J'ai donc aussi découvert, grâce à leur inattention, où sont scolarisées ces pestes. Cette soirée aura été des plus fructueuses, je suis très satisfait de mon travail. Je me décide à lever le camp lorsque les invités commencent à quitter les festivités pour aller dormir. Les jeunes dansent encore un moment, avant de monter dans les chambres.

Je range mon matériel le plus discrètement possible, puis retourne à mon véhicule garé plus loin et pars rejoindre ma famille, mon clan, pour faire mon rapport. Je suis impatient de voir la réaction de notre cheffe.

Chapitre 41

Kalia – parc du Thabor

Depuis la fête pour nos dix-huit ans, nous avons enchaîné assidûment les cours, les entraînements et aussi commencé les sports de combat afin de ne pas compter uniquement sur nos aptitudes. Cela nous permet de vivre un agréable moment avec tout notre cercle de potes, car depuis la dernière agression nous devons tous être parés à nous protéger les uns les autres.

Mais là, place à notre soirée au parc pour célébrer nos ultimes instants en première, les examens se sont déroulés sans grandes difficultés pour nous tous. Nous avons hâte d'avoir nos résultats et savoir si nous passons en terminale tous ensemble.

Avec mes sœurs, nous prenons le temps de nous préparer, car les pizzas ne seront prêtes que dans une heure. Vu les températures extérieures, je choisis un pantacourt et un débardeur, Solveig, une robe légère et fluide et Naïa en a enfilé une, plus longue et bohème. Elles sont sublimes. Nous optons toutes pour un maquillage discret et naturel, mettons dans notre tote-bag une petite veste et nous orientons enfin vers le restaurant pour récupérer nos multiples boîtes. Nous avons préféré prendre des sacs de voyage pour les transporter, car nous n'avons pas moins d'une quinzaine de pizzas. Cela facilite le déplacement et laisse nos mains un peu plus libres pour correspondre avec nos amis sur notre appli et leur dire où nous en sommes avant notre arrivée au parc du Thabor. Eux, qui sont déjà tous installés à notre endroit favori, n'attendent que nous pour commencer les festivités.

Nous nous hâtons, il ne reste plus que le croisement à traverser et nous parviendrons à l'entrée. Nous franchissons le portail en fer forgé noir et nous dirigeons vers l'allée qui nous mène à notre groupe.

J'éprouve au fond de moi comme une alerte, je regarde les filles et elles font de même avec moi. Naïa prend alors la parole :

— Vous l'avez senti vous aussi ?

— Oui, comme s'il allait se passer quelque chose, une alarme s'est déclenchée au plus profond de moi et j'en frissonne, répond Solveig.

— C'est exactement ça, demeurons sur nos gardes, les avertis-je.

Nous continuons notre chemin pendant cinq minutes à peu près en restant aux aguets quand plusieurs hommes cagoulés se postent devant nous et commencent à nous encercler.

L'appréhension se fraye lentement dans ma chair, nous évaluons déjà la situation.

Huit chasseurs se tiennent face à nous, nous nous positionnons en triangle dos à dos afin de garder un œil sur nos assaillants et éviter qu'ils nous surprennent.

Plusieurs d'entre eux se dirigent alors sur notre trio. Nous puisons notre magie dans les éléments qui nous entourent, pour créer une forte charge électrique. Nous mêlons nos dons pour en électrocuter une partie pendant que je forme de mini tremblements de terre pour les déstabiliser. Par chance, ils restent à terre un moment, complètement sonnés ! Malheureusement, la deuxième salve nous tombe dessus à peine les premiers sur le carreau. Ils cherchent à nous épuiser.

Nous décidons donc de réitérer le même sort, mais ils arrivent à esquiver notre attaque, l'un d'eux est beaucoup trop proche de Naïa, mais elle réussit à l'éloigner avec un geyser d'eau.

Entre-temps, les autres ont repris conscience et se joignent à l'équipe pour leur prêter main- forte.

Nous sommes cernées de part en part, ils commencent à brandir des arbalètes, ainsi que des armes à feu, nous ne savons plus où donner de la tête. Au moment où ils tirent, je ressens une explosion de chaleur dans tout mon corps, Solveig est littéralement en flammes, Naïa est recouverte de flots et moi, un tourbillon de poussière m'encercle. Puis une énorme lumière jaillit et un bouclier entremêlant nos particularités se forme autour de nous.

Toutes les balles et flèches sont détournées et tombent à terre, ils se regardent totalement ahuris face à l'étendue de nos capacités. Mais contre toute attente, ils restent et tentent toujours de nous atteindre. Une immense fierté prend place dans mon cœur, quand je vois mes sœurs si à l'aise et si sûres d'elles. Au fond de nous, la puissance de l'amour de Céleste nous permet de puiser un peu plus dans nos forces qui commencent peu à peu à s'amoindrir.

Nous percevons comme une présence dans notre subconscient, la douce voix de notre mère s'élève dans notre esprit et nous prodigue une aide très précieuse :

« Mes chéries, écoutez-moi attentivement, vous pouvez associer vos pouvoirs de façon à créer une arme. Kalia, concentre-toi et fais sortir de nombreux petits morceaux de terre devant Solveig. Quant à toi Solveig, chauffe-les au maximum et toi Naïa tu les refroidis et tu les projettes vers eux avec ton geyser.

Nous nous exécutons avec rapidité et soin, tous sont mutilés par les impacts. Les plus valides saisissent les estropiés et quittent les lieux.

À ce moment-là, nous voyons les garçons se diriger vers nous en courant, nous sommes épuisées par toute la puissance utilisée, nos barrières s'affaissent et ils nous rattrapent de justesse.

— Mon Dieu, ça va ? Vous n'êtes pas blessées ? nous demande Bastien.

— Non, nous nous portons bien. Nous sommes juste vidées avec l'énergie que nous avons déployée pour nous protéger.

— Comment ça se fait que vous soyez là ? questionne Solveig.

— Nous commencions à trouver le temps long, et vous ne donniez aucune réponse à nos appels ou messages, donc nous avons préféré venir à votre rencontre pour nous assurer que tout se passait bien, commente Xavier en caressant la joue de sa dulcinée.

Elouan m'attrape par la taille et s'emploie à me redresser pendant que Bastien fait de même avec Sol et notre petit couple nous suit avec les sacs.

Ils nous épaulent pour rejoindre le groupe et nous aident à nous asseoir afin que nous puissions reprendre des forces en mangeant.

Nous décidons quand même de ne pas nous attarder au cas où de nouveaux chasseurs viendraient terminer ce que les autres ont commencé. Nous nous rendons dans un bar proche du lycée, entouré de monde. Cela empêchera une seconde attaque.

Chapitre 42

Malaury

Cela fait plusieurs jours qu'Adriel est parti pour espionner les jeunes filles et j'attends avec impatience son retour. Depuis l'incident avec Audric et Angus, je ne peux pas me défouler correctement sur eux vu leurs blessures.

En effet, il a fallu l'emmener aux urgences pour soigner sa fracture de l'épaule. Il a été opéré aussitôt, j'ai dû jouer l'épouse parfaite, aux petits soins pour son cher mari ! Il en a profité pour se faire plaindre auprès des infirmières, mais heureusement un seul coup d'œil les a dissuadés de trop le chouchouter.

J'ai demandé qu'il fasse sa convalescence au domaine, arguant le fait que l'air de la campagne et son lit douillet, entouré de sa famille lui seraient plus bénéfiques. J'ai eu gain de cause au bout de trois jours ! Je ne l'ai pas quitté d'une semelle, craignant qu'il ne dévoile ses conditions de vie ou qu'il cherche à s'enfuir.

Maintenant il est de nouveau enfermé dans sa cellule, il doit suivre son traitement médicamenteux, mais je ne lui donne que le strict minimum en antidouleurs.

Quant à son bâtard, il a dû garder le lit pendant plusieurs jours, les coups lui ayant provoqué des hématomes multiples et des fractures aux côtes. Ses plaies ont mis du temps à se fermer.

Ces fâcheux désagréments ont accentué ma mauvaise humeur ! Adriel a donc intérêt à revenir avec de bonnes nouvelles et le groupe des chasseurs aussi !

J'entends une voiture arriver dans la cour, je regarde par la fenêtre et je l'aperçois donner du matériel photo et vidéo aux spécialistes préposés dans leur traitement. Il ordonne que l'on décharge son véhicule et je l'écoute demander où je suis. Je trouve qu'il utilise un peu trop mes subalternes, il commence à vouloir s'emparer de ma place, il va falloir qu'il n'oublie pas qui est le chef ici…

Ses pas rapides se font percevoir dans l'escalier, il cogne énergiquement à ma porte. Je m'installe dans mon fauteuil, attrape quelques papiers et le laisse patienter. Il s'agace et tambourine à nouveau.

— Entrez ! réponds-je sur un ton désagréable.

Il pénètre alors dans mon bureau, il n'a même pas pris le temps de se changer, il est négligé comme ça !

— Pourquoi me déranges-tu Adriel ? Tu n'es vraiment pas présentable et tu sens mauvais, dis-je sans me préoccuper de lui.

— Mère, je suis désolé de vous incommoder, mais j'ai recueilli des informations de la plus haute importance et je ne voulais surtout pas vous faire attendre.

— Tu es bien présomptueux…

— J'ai découvert les liens exacts entre les familles, les noms et coordonnées des amis, le lycée où elles étudient…

Il s'arrête un instant, me fixe intensément, je me demande bien ce qu'il pense à cet instant précis.

— C'est tout ? me moqué-je ouvertement.

Il se redresse, serre les poings et ses iris s'obscurcissent. Je ressens sa haine, il me déteste et me craint en même temps, cela me fait jubiler.

— Madame, accompagnez-moi afin de regarder les films, les photos et les enregistrements s'il vous plaît, je suis certain que vous serez satisfaite de mon boulot et que l'illumination qu'il m'est apparu vous plaira…

Je dresse brusquement la tête, je le vois se mordre la lèvre, il se rend compte de la bêtise qu'il a prononcée à voix haute ! D'où se permet-il d'exposer ses théories ? Avec quelle autorisation ?

— Peux-tu répéter ce que tu viens de dire ? articulé-je en me levant d'un bond pour marteler son torse du doigt à chaque mot.

— Je vous demande pardon, je ne voulais pas...

Je le gifle violemment, déçue par son comportement. Il fait le gros dur, le petit chef hargneux, mais c'est un véritable lâche quand il s'agit de me parler ! Je déteste les hommes pour leur couardise ! J'espérais qu'il ne serait pas aussi trouillard que son géniteur !

— Tu es assez courageux pour partir seul en mission, mais tu es incapable de t'affirmer devant moi ! Je pensais pouvoir m'appuyer sur toi, je comprends amèrement que je me suis trompée sur ton compte ! Il va falloir que je me trouve un bras droit qui en a suffisamment dans le pantalon ! crié-je.

Adriel rougit de colère, il serre et relâche ses poings, il lutte contre lui-même, quand on frappe à nouveau.

— Entrez ! hurlé-je.

Aaden approche lentement, il salue son frère dans un coup d'œil bref, s'incline devant moi. Il se racle la gorge, puis prend la parole.

— Les enregistrements faits par Adriel sont prêts à être exploités et visionnés. Voulez-vous les voir maintenant ?

— J'arrive dans quelques instants.

Il repart aussi vite qu'il est venu, je me place alors devant mon aîné et lui redresse le visage. Je scrute ses traits, ses yeux sont insondables, il semble totalement dépourvu d'émotions. C'est ce qui fait de lui mon préféré, même si je ressens toujours une once d'amour en lui, je pense que l'obscurité va l'engloutir bientôt intégralement.

— Tu es beau et ténébreux comme l'était ton père, mais il te reste encore beaucoup de choses à apprendre, tu ne seras jamais mon aide-principal si tu continues d'espérer la moindre tendresse de ma part ! Rentre-toi ça dans le crâne une bonne fois pour toutes !

Je quitte mon antre pour rejoindre mon personnel, Adriel sur mes talons. Chaque chasseur qui me croise se met immédiatement au garde-à-vous et baisse le visage vers le sol, je suis crainte et je veux qu'il le soit tout autant. Quand je ne serai plus là, il devra maintenir la terreur sur le domaine et faire en sorte d'éradiquer ces monstruosités que sont les sorcières !

— Diffusez-moi les films ici et sur-le-champ, ordonné-je en claquant la porte contre le mur.

Tous les techniciens sursautent et s'exécutent, personne n'ouvre la bouche.

Le premier document me montre un diaporama des différents protagonistes d'une soirée, avec leurs noms. Vient ensuite le discours des amis avec leur stupide cadeau, tant de mièvrerie me donne envie de vomir !

J'écoute attentivement les paroles des trois adultes quand le prénom de ma pire ennemie est prononcé. Je découvre avec stupeur qu'ils la connaissent depuis longtemps ! Mon fils a fait du très bon travail d'espionnage, mais je ne le lui dirais pas, il prendrait ça pour du respect ou de l'amour maternel... Les informations sur la date de naissance des filles me laissent songeuse, apprendre qu'elles ont l'âge de mes gars me donne une idée, il va falloir vraiment planifier le moindre détail pour que tout soit parfait.

Lorsque je saisis le mot « triplées » je me fige. Ces trois gamines sont sœurs ? En les anéantissant, je détruirais encore plus Céleste, mon sourire machiavélique se dessine lentement sur mon visage. Ma vengeance se profile petit à petit dans ma tête, je vais être dans l'obligation d'intégrer Angus à l'équation, et ce crétin a intérêt à réussir sa mission, s'il ne veut pas que son père en pâtisse !

À la fin du visionnage, je lis rapidement les commentaires que j'ai écrits et me décide à exposer mon idée.

— Adriel, Aaden en salle de réunion. Allez chercher Angus et amenez-le-moi aussi !

Quinze minutes plus tard, les trois gaillards sont dans la pièce voisine, prêts à m'écouter et à noter mes ordres. Je leur octroie la permission de s'asseoir, les explications risquent de prendre un peu de temps.

— Les jumeaux, vous avez le même âge que les trois donzelles que nous surveillons. Ce sont les filles biologiques de Céleste, celle que je désire éradiquer. Vous allez donc devoir intégrer le lycée de Bréquigny à la rentrée prochaine pour vous rapprocher d'elles.

Ils hochent la tête en chœur, Angus se demandant pourquoi il assiste à cette réunion.

— Comme elles sont trois, Angus, il va falloir t'inclure aussi. Je te préviens que ton échec n'est pas envisageable si tu ne veux pas que ton paternel en subisse les conséquences !

Il se rembrunit aussitôt, mais acquiesce en silence.

— Donc les jumeaux vous allez entrer en terminale, apparemment elles sont en filière générale et artistique. Vous allez donc mettre à l'œuvre vos connaissances en dessin, danse et théâtre. Aaden, j'exige que tu assimiles le plus de techniques de danse avant la rentrée scolaire. Adriel, tu seras par conséquent en dessin, puisque tu es le plus doué. Quant à toi, Angus, comme tu es plus vieux, il va falloir que tu deviennes prof assistant, pour espionner et affaiblir la troisième. Le but ultime étant de les approcher, d'entrer dans leur cercle d'amis, et d'en apprendre suffisamment pour qu'elles tombent dans un piège le moment venu. Est-ce que tout est clair pour vous trois ?

— Comment veux-tu que je rejoigne une équipe d'enseignants vu que je n'ai pas le diplôme ? Et si je refuse de prendre part à tes manigances ? Je répugne l'idée de faire du mal à ces filles sous prétexte que tu détestes leur mère !

— Sombre crétin ! Les papiers, ça se falsifie ! Et je préfère t'avertir que si tu ne fais pas ce que je t'ordonne, ton paternel va se prendre la raclée de sa vie et qu'il n'est pas sûr de s'en remettre... le menacé-je.

Il se renfrogne à ces mots, croise les bras en me fusillant du regard. Aaden se recroqueville dans sa chaise, je sens sa faiblesse et décide de le houspiller un minimum.

— Quant à toi Aaden, je te préviens, je ne tolèrerai ni vagues ni tire-au-flanc ! J'exige que tu fasses ta part du travail et que tu exécutes mes directives. Tu devrais prendre exemple sur Adriel et avoir un peu plus de volonté et de caractère !

Sur ces derniers mots, je leur fais signe de sortir de la pièce, ils me laissent enfin seule pour parfaire mon plan machiavélique ! Je me réjouis de l'issue fatale de cette sangsue...

Chapitre 43

Aaden – lycée de Bréquigny

Aujourd'hui est un jour particulier pour mon jumeau et Angus, enfin surtout pour Adriel et moi. C'est une première pour nous d'aller dans un lycée, notre génitrice ayant décidé de nous faire l'école à la maison avec les chasseurs, dès la maternelle. Angus, quant à lui, a passé toutes ces années dans un pensionnat très strict, Malaury n'acceptant sa présence que pour lui administrer des punitions. Je ne comprends toujours pas pourquoi elle lui inflige autant de sévices !

Il a systématiquement tout fait pour être dans ses bonnes grâces. Il lui obéissait au doigt et à l'œil sans jamais poser de question, ni même sans songer au mal qu'il pouvait faire en se soumettant aveuglément. Il a préféré enfouir sa véritable nature pour être inclus dans notre famille. À l'adolescence, quand il a compris qu'elle ne l'accepterait jamais, il a commencé à penser un peu plus à notre père, cela lui a valu davantage de sanctions et maintenant qu'il est adulte, elle est encore plus malfaisante.

Pourtant, j'ai pris le temps de découvrir ce qu'il cachait derrière cette carapace, j'ai entrepris de l'apprivoiser, moi, son cadet ! Car oui je le considère comme tel malgré toutes les interdictions et ses corrections. Il allait même jusqu'à subir les châtiments de Malaury pour me protéger.

Nous voilà donc apprêtés pour notre unique rentrée, je suis stressé à l'idée d'échouer et de me retrouver seul. Angus, lui, a débuté hier avec tous les autres enseignants. En effet, il a été engagé en tant que professeur assistant, précisément en option théâtre, avec Monsieur Rivière.

Adriel, lui, sera en cours d'arts plastiques avec Naïa, quant à moi je participerais à l'activité danse avec Kalia. Par bonheur, j'ai appris différents styles de chorégraphies et de capoeiras pour entrer dans cette école, en plus de mes devoirs habituels. Elle a toujours été pour moi un exutoire face à tout ce que l'on vivait à la chaumière, c'était le seul moment où elle acceptait que je m'en éloigne. Mon jumeau a essayé, mais malheureusement cela n'a jamais été une partie de plaisir, il s'est alors réfugié dans le dessin, il s'absentait des heures en forêt esquisser des animaux ou des paysages. Au départ, on ne voyait pas à quoi cela pouvait ressembler, mais au fur et à mesure et à force d'entraînement, il a réussi à dompter les crayons et ses ébauches sont juste devenues magnifiques. Et je ne dis pas ça parce que c'est lui, mais il a un réel talent. Le croquis est le seul moyen qu'il a trouvé pour exprimer ses sentiments, car c'est vraiment difficile pour lui de se lier avec les « *autres* ». J'espère qu'il y arrivera pour le succès de sa mission…

Je souffle un bon coup et le laisse rejoindre sa section pendant que je prends place dans la mienne. Je repère déjà le groupe de Kalia, les photos prises ne reflètent pas vraiment la beauté et la sensualité qu'elle dégage, dommage qu'elle veuille la tuer.

Je m'avance timidement, tous les élèves ont les yeux braqués sur moi, c'est le moment que Madame Besnard et Monsieur Joba choisissent pour faire leur entrée et me présenter.

Les filles ont l'air charmées par ma présence, beaucoup minaudent devant moi quand je les regarde. Elles se ressaisissent quand l'emploi du temps est distribué, tout comme les explications sur le déroulement de l'année avec la création de deux spectacles et les diverses techniques que nous allons étudier.

Les choses sérieuses commencent au moment où nous débutons les échauffements. J'essaie de les approcher doucement, alors que Madame Besnard propose déjà le premier atelier. J'écoute attentivement ses instructions et elle entreprend de former les duos. La chance est de mon côté quand elle désigne celle avec laquelle je dois travailler, l'intéressée s'avance vers moi et se présente :

— Bonjour, je m'appelle Kalia, ton prénom est bien Aaden ?

— Oui, enchanté Kalia.

— Tu étais dans quel établissement ?

Merde, trouve une réponse…

Malaury serait là, elle me punirait pour ne pas avoir pensé à ce genre de questions. Je prends mon temps pour imaginer quelle réplique lui apporter et je lui dis :

— En classe à la maison, sinon j'ai appris dans un conservatoire de danse le soir. Quand ma mère a accepté ma passion, elle m'a laissée entrer dans cette institution si bien réputée. Et toi ? Quel est ton parcours ?

— Cursus normal jusqu'au collège et après j'ai eu la chance d'intégrer cet établissement l'année dernière. Tu vas voir, les cours sont géniaux et certains étudiants aussi, me lance -t-elle avec un clin d'œil.

La répétition se passe rapidement et je suis satisfait d'avoir réussi à aborder Kalia, elle va également me présenter à son cercle d'amis. L'heure de la pause méridienne arrive et les garçons me proposent de manger avec eux. J'accepte et envoie un message à Adriel afin qu'il me rejoigne, j'ai hâte de savoir s'il a eu de son côté cette chance.

Une fois à table, mes camarades restent estomaqués à l'instant où il fait son entrée. Lola prend la parole :

— Tu es un sacré cachotier ! Tu aurais pu nous dire que tu avais un jumeau aussi beau gosse que toi, c'est fou !

— Je voulais vous faire la surprise, afin de voir votre réaction.

Naïa nous rejoint et lorsqu'elle me repère, sa bouche forme un O parfait. Surtout quand Adriel se place à côté de moi, elle le regarde avec des yeux noirs, j'ai l'impression que cela ne s'est pas très bien déroulé pour lui. J'essaie de le pousser à interagir avec tout le monde, mais c'est peine perdue. J'espère que dans les prochaines semaines il y parviendra mieux.

Les jours passent et mon adaptation s'effectue sans heurt, lui est toujours en difficulté, je vois bien que la bande l'accepte parce que c'est mon frangin. Son arrogance et ses mots tranchants ne font en aucun cas l'unanimité avec eux, malheureusement il tient de cette furie et je ne pense pas qu'il va réussir à s'adapter. Nous nous ressemblons peut-être physiquement, mais nos caractères diffèrent en tous points.

Nous avons été élevés ensemble, mais à l'inverse de lui, je ne veux pas devenir comme elle. Une femme intransigeante, sans cœur ni morale, qui n'est régie que par sa haine. Audric aussi subit ses foudres et ça me fait mal de le voir endurer tout ça. J'aimerais pouvoir l'aider, mais quand j'assiste au traitement d'Angus lorsqu'il intervient, j'ai peur de ce qu'elle pourrait me faire.

J'ai déjà failli me faire surprendre, même en épaulant mon demi-frère. Mais je ne pouvais pas les laisser souffrir autant. Pour mon père, j'ai tendance à le faire sans qu'il me regarde, il ne sait pas que c'est moi parfois, et non Angus, qui lui donne de quoi boire, manger ou se soigner. Mais ça me va, un jour, quand il sera enfin libre, je pourrais avouer tous mes secrets. Mais pour le moment, je reste dans l'ombre, je n'ai jamais aimé être mis en avant.

Les mois passent et j'apprécie de plus en plus la bienveillance qui soude toutes ces personnes. Elles ont un lien unique, je pense au fait que tous leurs copains sont au courant pour leur pouvoir. Nous ne sommes pas encore dans la confidence et je le comprends. Comme Adriel n'arrive pas à changer son tempérament, ils le laissent progressivement seul et ne font rien pour l'aider à s'intégrer. Même lui a choisi de s'isoler et préfère maintenant observer de loin.

Le soir dans notre chambre à l'internat, je lui rapporte toutes les informations recueillies, et je lui cède le soin de la contacter, car moins j'ai de relation avec elle et mieux je me porte. Les choses pour Angus ont l'air de bien se passer aussi, il se plaît très bien dans l'enseignement de Solveig et toutes les comédiennes sont à ses pieds. Il a toujours été un charmeur. Quant à Adriel c'est son côté b ad boy qui captive, mais souvent aux plus âgées. Quant à moi, j'ai eu très peu de flirts, parce qu'elles m'intimident.

Maintenant je vais tâcher d'apporter ma pierre à l'édifice pour qu'il se reprenne, ce n'est pas dans son tempérament :

— Ad', je peux te parler ?

— Oui ?

— Je ne te reconnais pas depuis que tu es là, à la chaumière, tu es quelqu'un sûr de toi et prêt à tout pour être le bras droit de Malaury. Mais en ce moment, tu abandonnes et tu restes en retrait.

— Je n'arrive pas à trouver ma place ici, et surtout je n'ai pas l'habitude d'interagir avec autant de monde, je m'efforce de me réfréner, mais tout ce que je fais ne leur plaît pas.

— Essaie d'être moins arrogant, de prodiguer des conseils, explique tes techniques. Sans te mettre toujours en avant, tu découvriras que cela passera mieux. Je te fais confiance, tu vas réussir.

— Merci Crevette, je n'aurais jamais pensé me faire sermonner par toi !

— Les choses peuvent changer, comme tu peux le voir. Aller, appelle-la pour lui faire notre rapport hebdomadaire. Moi je vais prendre une douche et me coucher.

Je lui adresse alors un signe de la main, puis sors de la chambre.

Chapitre 44

Angus – lycée de Bréquigny

Cela fait déjà un mois que j'ai intégré l'équipe pédagogique du lycée de Bréquigny comme professeur assistant de théâtre. En effet, grâce aux recherches effectuées par Adriel, nous avons appris que celui-ci participait à un concours régional d'arts du spectacle et qu'il y avait, par conséquent, besoin d'adjoints pour la mise en scène et les jeux d'acteur. J'ai donc pris des cours durant l'été, ce qui n'a pas été de tout repos ! Je ne vais pas me plaindre, je suis loin du domaine, à l'écart de Malaury et de ses sévices incessants, mais je n'ai malheureusement pas de nouvelles de mon cher papa, et cela me chagrine fortement. Il n'est bien sûr pas au courant des plans machiavéliques de la mégère ni des raisons de mon absence, ce qui doit l'inquiéter davantage. Je crois que sa fracture va lui permettre d'être tranquille un bon moment, mais elle n'est jamais à court d'idées pour le faire souffrir.

Je suis installé sur le canapé de mon petit appartement, je regarde vaguement la télévision, mais mes pensées sont fixées sur la belle jeune fille rousse. Je n'aurais jamais imaginé devoir me blinder autant face à elle. Ses superbes iris sont envoûtant s, ils semblent lire en moi comme jamais personne ne l'a fait et cela m'effraie, car je pourrais rater mon but et ainsi gâcher la vie de mon père. Je souffle un bon coup, prends les documents qui sont près de moi pour étudier à fond la pièce choisie et, de cette façon, proposer la meilleure session de perfectionnement à Solveig. La façon dont elle joue les différentes émotions demandées par les compositions faites en répétition n'est pas excellente. Il est vrai que « Roméo et Juliette » est particulièrement dramatique et on assiste à une myriade de sentiments, on passe du rire aux larmes, du comique au tragique. Je me frotte les yeux un instant, un peu fatigué par cette nouvelle occupation.

Je me lève donc pour ouvrir ma fenêtre et prendre l'air. Mon esprit vagabonde autour des triplées, de ma vie solitaire et de ses magnifiques prunelles émeraude. Je suis séduit par la vision de son sourire. Lorsque je l'ai rencontrée la première fois, elle m'a semblé timide et en même temps, une sorte d'attraction s'est créée entre nous. J'ai deviné que cela la perturbait autant que moi ! Je n'ai absolument pas le droit d'éprouver quoi que ce soit pour elle ! C'est une lycéenne, elle est plus jeune que moi et surtout c'est l'objectif de ma mission…

— Putain, dans quel pétrin me suis-je fourré ? grommelé-je.

La sonnerie de mon téléphone me tire de ma morosité. Je vérifie qui m'appelle et je vois le pire nom de toute mon existence, *Malaury*.

— Oui ?

— Où en es-tu ?

— Le rapprochement se fait doucement. J'ai obtenu l'accord de tenir un atelier avec des élèves que je dois sélectionner.

— Tu as intérêt à ce que cela fonctionne, ou tu ne retrouveras pas ton cher paternel en un seul morceau… me crache-t-elle méchamment.

— Laisse-le tranquille ! Si tu lui fais du mal, j'abandonne tout, menacé-je en serrant les dents.

— Ah a h a h ! Tu te crois en position de dicter ta loi, Angus, *mon petit bâtard* ? N'oublie jamais qui commande, car ta vie ne vaut absolument rien pour moi…

Elle me raccroche au nez en continuant de rire comme la folle hystérique qu'elle est devenue au fil du temps. Je lâche avec colère mon portable à côté de moi, je glisse la main dans mes cheveux mi-longs, puis décide de me ressaisir et de dresser la liste des personnages alloués à chaque acteur.

La soirée passe vite, je mange rapidement une excellente pizza prise au coin de la rue, puis me douche avant de me laisser tomber dans les bras de Morphée. Pourvu que ma nuit soit plus calme que ma journée !

Le réveil hurle dans mes oreilles et je bondis sur mes pieds. Aujourd'hui, mise en place des équipes, puis à la suite de la distribution des rôles, je vais pouvoir l'isoler des autres, car sa timidité l'empêche d'exprimer totalement son talent. Je me dépêche de me préparer avant de rejoindre le boulot.

Il est enfin l'heure du début des ateliers, je suis impatient de la voir et de profiter de chaque moment passé auprès d'elle. Tant pis si je souffre, j'ai l'habitude, mon cœur est déjà si meurtri que ce sentiment de bien-être à ses côtés le rafistole un peu.

Monsieur Rivière appelle un à un ceux qui sont sélectionnés pour jouer dans cette pièce, qui est présentée au concours et doit être impeccable.

— Alors d'abord honneur aux jeunes femmes : Laurène tu seras Rosaline, la cousine de Juliette. Tiens, voilà tes tirades, mets-toi ici, à droite, s'il te plaît. Solveig, cette année tu auras une place encore plus importante, vu tes capacités, j'ai décidé avec Angus que tu interpréteras Juliette Capulet !

Elle se fige à cette annonce, je crois qu'elle sent un malaise arriver, car elle est aussitôt entourée de ses potes. Je m'apprête à la secourir quand elle se lève et se dirige vers mon collègue.

Ensuite vient le tour de Sasha qui sera la nourrice de Juliette, les deux copines se prennent dans leurs bras. Puis Cécile pour celui de la mère de Roméo, Lady Montaigu.

J'interviens à mon tour, en appelant les garçons :

— Alors dans l'ordre d'importance des protagonistes : Bastien, tu seras Roméo. Ilan, Tybalt ; Luc, Prince Escalus ; Romain, Comte Pâris ; Enzo, Mercutio ; Marc, Monsieur Capulet - père de Juliette ; Nicolas, Montaigu - père de Roméo et enfin Pierre tu incarneras Frère Laurent.

Les autres regagnent les différentes unités et enseignants afin de prendre les postes de souffleurs, d'ouvreur, de décorateurs… Je suis heureux de ne pas être un de ces assistants, vu l'étendue de mes compétences manuelles !

Monsieur Rivière explique le déroulement des répétitions et surtout mon implication dans cette progression.

— Comme vous le savez déjà, je m'appelle Angus et je suis là pour vous aider à améliorer votre technique. De ce que j'ai pu voir lors de vos dernières leçons, vous êtes quelques-uns à avoir du talent, mais quelques blocages limitent celui-ci. Je vais donc prendre avec moi un certain nombre d'entre vous pour vous entraîner au langage corporel, oral et visuel des émotions.

J'entends des exclamations, des soupirs d'agacement et de l'inquiétude dans les rangs.

— Ils auront lieu en dehors des heures prévues sur votre emploi du temps, et suivant vos disponibilités, le soir, le week-end ou même pendant les vacances scolaires. Remplissez-moi ces questionnaires avec vos coordonnées téléphoniques, merci de me préciser aussi si vous êtes internes et vos horaires.

Ils s'exécutent en silence, pendant ce temps je rejoins Alain, Monsieur Rivière pour les étudiants, qui est en pleine discussion un peu chaotique avec Laurène.

— Et pourquoi ce n'est pas moi, Juliette ? Vous êtes vraiment injuste, cette pouffe est tellement nulle qu'on ne gagnera jamais le concours, s'emporte-t-elle.

— Et tu te crois meilleure qu'elle, n'est-ce pas ? répond-il.

— Absolument ! rage-t-elle en relevant le menton de façon exagérée.

— Pourtant l'évaluation conjointe avec Angus nous dit le contraire !

— Quoi ? pleurniche-t-elle.

— Tu débordes de jalousie et tu piétines les autres sans sourciller, je ne tolère pas cela, jeune fille ! débité-je brusquement. Le théâtre est un endroit où tout le monde doit pouvoir s'exprimer sans crainte ni honte ! Tant que tu ne seras pas capable d'assimiler cela, tu n'obtiendras rien de mieux. Me suis-je bien fait comprendre, Laurène ?

Elle baisse la tête, rouge de colère, en larmes et quitte la salle en courant vers les toilettes. Ils ont tous entendu ma tirade et je vois que cela leur fait vraiment plaisir. Alain me surprend en éclatant de rire.

— Tu n'y es pas allé de main morte, mais j'espère que cela lui servira de leçon et qu'elle intègrera tes mots et reviendra à la raison.

Satisfait, il poursuit le tour des troupes pour savoir si tous les artistes ont un poste sur la pièce. Quant à moi, je réunis mes futurs étudiants particuliers, ils me transmettent leurs fiches et je remplis mon tableau au fur et à mesure afin d'organiser mon emploi du temps.

— Alors, Bastien, Ilan et Enzo vous venez demain soir ici à dix-sept heures, et ce, pendant deux heures. Luc et Marc, je vous verrais un peu plus tard. En ce qui concerne mercredi : Romain et Nicolas, je vous reçois entre quatorze et seize heures ; Sasha et Cécile à la suite du premier groupe, pour seize heures trente. Pierre et Laurène vendredi à la fin des cours entre seize heures trente et dix-huit heures trente. Quant à toi notre Juliette, comme tu ne rentres pas le week-end dans l'immédiat, je te propose samedi après-midi à partir de quatorze heures. Est-ce que cela convient à tout le monde ?

Ils acquiescent tous et ils commencent par lire la pièce, sans forcément l'interpréter, pour s'en imprégner.

La semaine passe rapidement, j'anime chaque séance avec passion, ils se prennent tous au jeu et leur enthousiasme est contagieux. Romain et Nicolas sont déjà dans la peau de leurs personnages, Ilan y est presque et Laurène a parfaitement assimilé Rosaline. Celui avec Solveig est pour demain après-midi, je range mon appartement avec soin, ne laissant aucun document compromettant à son sujet ni sur ses sœurs ni sur leur mère, Céleste. Ce serait idiot de se faire griller maintenant !

Elle arrive au bas de mon immeuble avec cinq minutes d'avance, je descends l'accueillir et elle s'empourpre légèrement quand elle m'aperçoit. Elle fait signe à ses frangines et entre avec moi. Son doux parfum m'enivre, elle me frôle en passant devant moi et je frissonne de plaisir. Ce que je ressens est mal, mais je ne peux m'en empêcher, un mystérieux lien me pousse vers elle, je ne peux lutter contre ça, j'espère seulement que cela est réciproque…

Elle pose ses affaires sur mon divan, elle est intimidée d'être chez moi, elle frotte nerveusement ses mains l'une contre l'autre. J'appuie délicatement ma paume sur son épaule, la faisant sursauter.

— Assieds-toi là. Est-ce que tu as envie de boire quelque chose ? J'aimerais que tu te détendes un maximum pour vraiment laisser ta sensibilité jaillir. D'accord ?

— Je veux bien un coca alors s'il vous plaît, Angus.

— Bon, pendant nos rendez-vous, nous serons moins formels, on va se tutoyer comme je le fais avec les autres. Ok ?

Elle porte son verre à sa bouche charnue et rosée, je suis le mouvement et reste fixé dessus. Elle hoche la tête pour signifier son accord.

— Dis-moi, as-tu décortiqué ton texte ? Juliette n'est pas une simple adolescente, elle est tiraillée entre son amour pour Roméo et sa famille. Comment te situes-tu vis-à-vis d'elle ?

— Je ne sais pas vraiment comment exprimer ce qu'elle suscite en moi, mais je vais essayer.

Elle respire profondément plusieurs fois, je la sens à fleur de peau, alors je saisis ses doigts avec délicatesse en les serrant légèrement et lui demande de fermer les paupières.

— On va commencer par une activité de relaxation, tu es beaucoup trop stressée, lui dis-je d'une voix douce. Je vais mettre un peu de musique, maintenant imagine un endroit calme, paradisiaque, où tu es en sécurité, laisse de côté tout ce qui est négatif. Voilà, inspire et expire lentement, concentre-toi sur mon intonation et tes pulsations. Parfait, tu te sens mieux ?

— Oui, m'affirme-t-elle, une magnifique moue sur le visage.

Elle me trouble, j'ai du mal à garder mon self-control, je rêve de l'embrasser tout de suite ! Elle fixe mes lippes en mordant la sienne et je suis contraint de la relâcher pour m'éloigner un temps. Je coupe la chanson, repars vers ma cuisine me prendre un café, puis la rejoins sur le sofa.

Elle entreprend de m'expliquer la façon dont elle l'imagine et ce qu'elle perçoit de Juliette, puis je lui propose des pratiques adaptées aux divers moments où les bouleversements doivent être parfaitement maîtrisés. Elle bafouille un peu, se ressaisit, rougit, puis recommence. Je la félicite pour son courage et son enthousiasme, elle illumine mon logement, nous ne voyons pas les heures défilées lorsque son téléphone sonne, éclatant notre bulle.

— Allô ? Oui je descends dans cinq minutes, attendez-moi !

— Ce sont tes amies qui viennent te chercher ?

— C'est exact, je dois rentrer à l'internat, les horaires sont malgré tout assez stricts pour les repas, me dit-elle déçue. Merci beaucoup pour cet après-midi, j'ai vraiment adoré passer du temps ici, auprès de toi…Je reste sans voix face à cette confession soudaine, je m'empourpre un peu, ce qui est étonnant de ma part. Je relève mon visage vers elle, et je suis surpris par son geste tendre. En effet, elle place ses doigts sur ma joue, s'approche lentement de moi, et alors que je pense qu'elle va m'embrasser sur la bouche, elle se détourne au dernier moment, effleure le coin de mes lèvres en déposant un doux baiser sur ma pommette. Puis elle quitte mon logement pour rejoindre les siens…

Chapitre 45

Solveig – retour de vacances

Je suis vraiment contente de retrouver mes sœurs, après ces quinze jours de congés. En effet, nous avons eu des programmes chargés dans nos familles respectives et nous n'avons pas pu nous rejoindre. J'ai énormément cogité pendant ce temps-là, plusieurs sujets me tracassent et j'ai hâte de pouvoir leur exposer mes problèmes.

Je suis complètement impatiente qu'elles passent le seuil de cette porte, pour une fois c'est moi qui suis en avance. Je marchais en rond à la maison et j'exaspérais mes parents. Alors, nous avons pris la route dès la fin du repas et j'ai donc disposé de temps pour ranger toutes mes affaires en les attendant.

Naïa entre la première et me serre tendrement contre elle une fois ses bagages posés auprès de son lit. Dix minutes plus tard, c'est au tour de Kalia, qui nous saute dessus en nous disant :

— Vous m'avez trop manquées ! c'est trop long deux semaines sans vous, plus jamais !

— Oui, j'avoue, les appels et SMS c'est bien, mais c'est vraiment mieux de pouvoir vous prendre toutes les deux dans mes bras, déclare Naïa.

— Sol, je vois bien que tu es très heureuse, mais que quelque chose te tracasse. Tu nous racontes ma puce ? me questionne Kalia.

Je souffle un grand coup, par où commencer ? Je ne crains pas leurs réactions, elles sont impartiales, mais ce n'est jamais facile de parler d'un sujet aussi délicat. Je prends donc mon courage à deux mains.

— Bon, comment aborder ça et tout vous expliquer...

— Tout simplement, me répondent-elles en même temps.

— Vous êtes au courant que de nouveaux assistants sont avec nous pour nous aider à nous améliorer en tant qu'acteur. Je suis d'ailleurs des cours particuliers avec l'un d'eux.

— Évidemment que nous le savons, tu n'arrêtes pas de nous en parler, c'est ça qui te stresse ? demande Naïa.

— Non, enfin oui, quand même ! Je ne joue pas n'importe quel personnage, c'est le premier rôle ! Mais, depuis un moment, un sentiment spécial pour Angus naît en moi, et je n'arrive pas à le définir. Mais tout ce que je peux vous dire, c'est qu'en sa présence je suis heureuse, j'ai l'impression de le connaître depuis toujours, il me suffit de le regarder dans les yeux pour déchiffrer ses émotions. Depuis le premier instant, je perçois comme un lien avec lui, dès qu'il a prononcé mon prénom, je me suis sentie défaillir.

Elles m'écoutent sans me couper la parole, acquiescent quand elles comprennent mes mots et me laissent tout sortir avant que je ne me dégonfle ou que j'oublie des détails. Je poursuis alors…

— L'autre jour, à la fin du cours, j'ai même failli l'embrasser, mais je me suis retenue au dernier moment.

Elles me regardent avec surprise, mais sans jugement, comme je m'en doutais.

Ma petite blonde nous expose son avis :

— Tu sais Honey, je ne vois pas en quoi c'est dérangeant, tu es majeure et lui également, même s'il est plus âgé que toi. Cela étant, rien ne s'est produit, mais si j'étais toi, j'attendrais de découvrir comment les choses avancent. On n'en est qu'au début de l'année !

Ma brunette décide à son tour de me donner son point de vue :

— Naïa a raison, tu as le temps et assure-toi qu'Angus ressent la même chose que toi. Vous avez encore de nombreuses sessions d'entraînements. Cette étincelle peut être due à la magie du rôle que tu interprètes. Cette pièce est tellement intense, c'est une tragédie emblématique pour tous les amoureux de la littérature et du jeu de scène comme vous. Pourquoi ne pas le rencontrer ailleurs que chez lui ? En lui proposant une sortie par exemple ? Ça vous permettra de vous découvrir en dehors du travail, de voir si vous avez les mêmes goûts, les mêmes aspirations… Invite-le !

— Je n'oserais jamais lui demander ! Tu ne te rends vraiment pas compte ! Je suis incapable de dire si je ressens de l'amour ou de l'amitié pour lui, et tu espères que l'on se fréquente encore plus ? paniqué-je. Et puis, tu sais comment nos vies sont difficiles en ce moment ! Tu crois que c'est raisonnable de le faire entrer dans notre cercle ? Avec les attaques, nos préparations à la magie et tout ce qui va avec ? Et c'est sans compter notre différence d'âge ! Pourquoi s'enticherait-il d'une simple petite lycéenne totalement banale, alors qu'il peut avoir toutes les filles sublimes qu'il veut ?

— Premièrement ma puce, tu es splendide et la personne qui sera avec toi aura une chance extraordinaire. Tu es une jeune femme en or et je t'interdis de te dénigrer de la sorte. Deuxièmement, c'est beaucoup trop tôt pour lui parler de tout ça, pour plus de sécurité, essayez de vous rencontrer dans des endroits très publics, ils n'oseront pas attaquer à ce moment-là. Chaque chose en son temps, enchaîne-t-elle avec intelligence.

— Tu as raison, merci Sweetie. Je dois réussir à me représenter comme étant quelqu'un de fort, de digne de n'importe quel homme ! Et je ne dois pas m'emballer, je vais laisser les événements se faire naturellement, rester telle que je suis réellement, et attendre la suite… On pourrait fort bien devenir de très bons amis, super proches.

Ma conversation avec elles se finit par le rangement de leurs effets et je me sens beaucoup plus sereine après leur avoir confié mes craintes. Je vais pouvoir aborder ces prochaines semaines avec une certaine légèreté.

En plus, je revois Angus ce week-end pour me perfectionner. Cette nouvelle rencontre me permettra d'éclaircir mes sentiments, et je vais suivre leurs conseils en le côtoyant ailleurs qu'au lycée ou dans son appartement. Mais, tout d'abord, j'ai besoin de ses cours pour m'ouvrir plus et réussir à gérer mes émotions sans que ma pudeur ou ma raison ne m'étouffent.

Chapitre 46

Audric – domaine du clan Le DU

Cela fait déjà un sacré bout de temps que je n'ai pas vu Angus ni les jumeaux d'ailleurs, ce qui est vraiment surprenant. En effet, les garçons n'ont pas pu être scolarisés à l'extérieur, malgré mon souhait de les observer s'épanouir au contact des autres enfants. Malaury a été inflexible à ce sujet, jugeant indignes les écoles maternelles et primaires de la commune de ses rejetons ! Sauf Angus puisqu'elle ne l'a jamais supporté ! Mon pauvre petit a déjà subi un certain nombre de sévices moraux et physiques, je me maudis intérieurement de ne pas pouvoir le sortir des griffes de cette garce. J'espère qu'un jour, mes parents reviendront et que l'on pourra enfin vivre heureux tous les deux et se reconstruire grâce à l'amour que l'on se porte.

Depuis ma fracture, on me laisse tranquille, je suis autorisé à quitter un peu ma cellule pour m'aérer et me dégourdir les jambes, je commence tout de même à trouver le temps long. J'ai beaucoup de chance, ma pile de livres non lus était très importante, je peux donc m'évader loin d'ici.

Ce matin le bruit d'une voiture me réveille brusquement. Je me suis assoupi avec un roman dans mon fauteuil ! Un vrai p'tit vieux ! Je me lève, m'étire comme je peux et m'approche pour essayer de voir qui arrive. En effet, je ne suis en aucun cas mis au courant des missions de mes enfants, cela m'attriste et surtout m'inquiète, car cela renforce la distance entre nous. J'aimerais pourtant avoir une relation authentique avec eux ! Malheureusement, Adriel est totalement sous la coupe de sa mère et me hait. Aaden semble plus enclin à me connaître, mais n'ose pas désobéir aux ordres, il craint trop les représailles de Malaury. J'ai l'audace d'espérer un geste de sa part, je l'étreindrais alors avec tendresse, lui qui n'a pas dû en avoir beaucoup dans sa vie.

Je ne vois absolument rien des événements qui se déroulent à l'extérieur, je râle et j'essaie de créer un maximum de bruit pour attirer l'attention d'un de mes gardes. La réaction se fait attendre, mais Louis arrive en grommelant.

— Que veux-tu ? On n'est pas tes nourrices, bordel !

— Va te plaindre à Malaury si ta condition ne te convient pas ! riposté-je.

— Pfff ! Bon qu'est-ce qu'il y a ?

— Je souhaite aller prendre l'air maintenant et avaler mes cachets, j'ai mal, lui demandé-je.

— Je te donne ton comprimé, mais on a reçu l'ordre de ne pas te laisser sortir de ton trou pour le moment. Tu attendras ! Sinon plains-toi à ton épouse, ricane-t-il en repartant vers son bureau.

J'assène un coup de pied violent contre les barreaux de mon antre, tout en rageant intérieurement. Je ne peux pas risquer que l'on m'entende quand j'injurie l'autre salope qui me pourrit l'existence… Louis me rapporte mon antidouleur puis me laisse de nouveau seul. Je décide de manger quelque chose pour m'occuper, d'ailleurs ça aussi c'est inhabituel. Au cours de mon hospitalisation, les médecins ont découvert des carences et mis en place un régime qui doit être suivi à la lettre. Je sais qu'après la fin de ce suivi je reviendrais à mon point de départ, alors j'en profite un maximum pour me remplumer et reprendre des forces. Je pense que ça me sera utile le jour où il faudra se rebeller… Je souris franchement à cette merveilleuse pensée ! *La liberté* ! J'en rêve tant… Je l'ai touché du doigt à l'hôpital, mais Malaury a interprété son rôle de parfaite épouse modèle, très inquiète pour son mari. Je ricane amèrement, elle ne m'a pas laissé une seconde de répit ! Même durant les examens avec le chirurgien, elle était là. J'ai abandonné toute idée d'évasion, d'abord par peur pour Angus puis mon état ne me l'aurait pas permis. Lorsque les médecins m'ont posé des questions sur les différentes cicatrices que je porte sur mon dos et sur la plupart de mes membres, elle a raconté que j'avais été victime d'un très grave accident à l'étranger, où elle a bien failli me perdre... Ses larmes de crocodile ont convaincu toute l'équipe ! Elle devrait avoir un oscar pour ses talents de comédienne...

Je suis tiré de mes rêveries par un bruit de clés qui s'entrechoquent. Je lève lentement la tête vers ma porte, et j'aperçois mon cher et bel Angus, ma fierté. Je me précipite à son encontre, menace de tomber, mais il me rattrape en étouffant un rire.

— Papa, doucement ! Tu vas encore te blesser...

Je le scrute et découvre dans son regard tout le bonheur qu'il a d'être là, avec moi.

— Je suis si heureux de te revoir ! Où étais-tu ? J'étais mort d'inquiétude !

— Je vais tout t'expliquer, mais attends, éloignons-nous d'ici et chuchotons, s'il te plaît.

Nous nous asseyons côte à côte, et il commence alors son récit.

— Avec les gars, nous sommes intégrés au lycée de Bréquigny. Ils y sont comme internes et élèves de terminale avec des options en dessin pour Adriel et en danse pour Aaden.

Quant à moi, je loge dans un petit appartement, pas loin de l'établissement. Je suis l'assistant du professeur de théâtre et je dois animer des ateliers pour aider les jeunes acteurs pour la représentation finale du concours régional.

— Tu as un rôle important à tenir, mais pourquoi n'en profites-tu pas pour t'enfuir ?

— Parce que Malaury se vengera sur toi… Et Aaden ne peut continuer à être entre deux feux…

— Comment ça ? Explique-toi, je ne comprends pas…

— Il m'a écrit un mot après l'incident qui m'a cloué au lit et qui a causé ta fracture. Il est de mon côté, mais je ne peux pas trop m'éterniser ici alors je t'en parlerai plus tard. Mais sache qu'il tient à toi et qu'il m'appelle « *mon frère* ».

Je suis ému face à cet aveu, mes garçons réussissent à se lier, seuls, dans l'adversité. Je suis si fier… Mon cœur se gonfle d'amour pour eux. Ils ne sont responsables en rien et ils subissent chaque jour les conséquences de mes actes.

— Chacun de nous est chargé d'infiltrer le groupe des triplées, celles qui seraient à l'origine de ce nouveau don détecté par Malaury. Nous rendons des comptes tous les jours à la folle par téléphone. Nous sommes hyper contrôlés, deux chasseurs campent devant chez moi, et je pense qu'elle a mis en place d'autres systèmes de surveillance … Adriel a beaucoup de mal à s'intégrer, vu son caractère exécrable, cela ne m'étonne pas vraiment ! ricane-t-il. Bref, je suis ravi d'être hors du domaine, mais ne pas avoir régulièrement de tes nouvelles est un vrai supplice.

— Ne t'en fais pas, tant que j'ai mon plâtre et mon suivi médical je suis bien traité. J'ai même repris du poids, j'en profite pour me requinquer et le jour où nous pourrons enfin partir, je serais prêt…

— Je cherche un moyen pour rester en contact avec toi, mais ne te fais pas trop de soucis, je fais attention et je veille sur les jumeaux de loin.

— Angus, tu es attendu dans le bureau de Madame Malaury, elle n'est pas vraiment de bonne humeur alors ne tarde pas ! crie Louis dans le couloir.

— Décidément, je ne peux jamais passer un vrai moment avec toi… Je reviendrais te voir, nous sommes quinze jours « *en vacances* », grimace-t-il.

Après une embrassade chaleureuse, il me quitte pour rejoindre la mégère furieuse. Je constate avec plaisir que mon aîné a mûri, sans perdre ni son humanité ni sa belle personnalité. Ma tendre bien-aimée serait si fière de lui ! Je me pose de nouveau dans mon fauteuil et je réfléchis aux tenants et aboutissants du plan de Malaury. Elle force nos enfants à entrer dans un cycle de haine et de violence sans fin.

Je ne vois pas pourquoi elle cherche à s'en prendre à ces innocentes personnes, qui n'ont peut-être qu'une once de magie en elles et qui ne représentent en rien un potentiel danger ! Les sorciers et les chasseurs doivent s'entraider et pas s'entretuer ! Dès que je serai rétabli totalement, il faudra que j'élabore un plan et avec l'appui d'Angus, mettre à mal les projets machiavéliques de ma femme en alertant les hautes instances de notre condition donc mes géniteurs !

Il est bientôt vingt-et-une heures, je range mes restes et place ma vaisselle dans le seau. Je suis étonné d'apercevoir la bouille d'Aaden entre les barreaux de ma prison. Que fait-il ici ?

Il entre doucement, l'air impassible, me scrute et s'approche de moi. Je recule d'un pas, ne sachant quelle réaction avoir envers lui, puis me rappelle les mots d'Angus. Je lui souris avec tendresse, il me dévisage surpris, ses yeux s'embuent de larmes, mais il ne bouge pas. Je m'avance alors, réduisant l'espace entre nous, puis lui tends ma main valide. Il la saisit avec délicatesse, les pleurs coulent à présent, il se blottit contre mon torse. De multiples sentiments nous assaillent l'un et l'autre, je le serre plus fortement contre moi, lui embrasse le front, en murmurant à son oreille :

— Mon doux garçon, mon Aaden, je suis aux anges de pouvoir enfin te montrer mon amour.

— Je suis aussi bouleversé de te prouver mon affection, papa… chuchote-t-il.

Cette journée aura été très riche en émotions. Après cet interlude avec Aaden et son départ avec ma vaisselle et mes déchets, je suis allé me coucher et rejoindre mes songes, qui seront merveilleusement lumineux cette nuit, j'en suis certain !

Chapitre 47

Kalia

Ce week-end, nous avons tous décidé de ne pas rentrer dans nos familles respectives afin de profiter de ces quelques jours pour nous retrouver et ainsi vaquer à nos occupations…

On se réunit dans le self et je commence à proposer une activité pour le reste de l'après-midi et de la soirée :

— Que fait-on ce soir ? Des idées ?

Xavier prend la parole en premier :

— Je voudrais, si ma chérie est d'accord, l'emmener à une exposition. On pourrait se rejoindre après si tu le souhaites ?

Naïa regarde son petit ami amoureusement et hoche la tête pour lui signifier son accord. Qu'ils sont beaux tous les deux ! Je les envie tellement. J'examine Solveig à son tour, elle commence à rougir :

— Euh, j'ai des projets, s'excuse-t-elle. J'ai un rendez-vous galant.

Tout le monde se tourne vers elle, ébahi par sa tirade. Lola lui répond, pour la taquiner :

— Tu nous caches des choses, ma jolie ?

— Pas vraiment, c'est juste que pour l'instant je ne peux pas m'avancer. Je ne sais pas ce que je ressens pour lui, alors avant de vous en parler je préfère garder ça pour moi. Vous ne m'en voulez pas ?

— Non ! réagit-on à l'unisson.

— Mais ce « *lui* », c'est qui ? demande Agathe, curieuse.

Solveig nous observe avec Naïa, nous lui faisons sentir que c'est son choix, et c'est à elle de décider si elle souhaite divulguer ou non le prénom de son prétendant.

— Certains d'entre vous le connaissent, mais je ne suis pas encore prête à vous en dire plus.

Elle est soulagée quand elle s'aperçoit que nous comprenons sa démarche. Elle nous demande alors timidement :

— Pouvez-vous m'aider à trouver LA tenue, s'il vous plaît, les filles ?

— Tu oses nous poser cette question ? Bien sûr que oui, riposte Sacha.

— On prévoit quoi, du coup, nous ? intervient Victor.

— Un ciné ? nous interroge Bastien.

— Pourquoi pas ? Il y a quoi en ce moment ?

— Il y a *Deadpool 2*, ça vous tente ? lit Clément sur le programme.

— Oh oui, j'adore cet acteur ! commentent-elles en chœur.

— Bon je crois que nous avons notre plan, après on se fait tous un kebab pour finir ? proposé-je alors.

— Parfait, nous répondent Xavier et Naïa.

— Moi, je vous envoie un SMS pour vous dire où j'en suis, ok ? nous interroge Solveig.

Tout le monde approuve et nous commençons déjà à débattre de l'horaire de la séance en consultant Xavier sur celle du vernissage.

Nous nous mettons d'accord pour la projection de dix-neuf heures trente puisque la visite est à vingt heures. Ils pourront prendre le temps d'admirer les œuvres paisiblement et profiter ainsi de leur tête-à-tête.

L'après-midi s'écoule tranquillement entre joie et plaisanteries. Aaden et son jumeau passent cette fin de journée avec nous, j'espère qu'il ne gâchera pas notre moment avec son mauvais caractère !

Les garçons décident de faire un foot pendant que nous, nous allons toutes dans le dortoir récupérer différentes affaires et nous nous rejoignons ensuite dans notre chambre. Certaines sont parties à la douche, tandis que d'autres se font des soins. Une petite pause bien-être comme nous les adorons.

Une fois toutes là, nous commençons à essayer les vêtements, nous nous retrouvons parfois avec des associations plutôt loufoques, cela nous fait bien rire en tout cas. Quand Léa s'arrête devant Sol avec une superbe robe couleur émeraude à manches longues, et qu'elle l'enfile, nous sommes estomaquées face à sa silhouette. Elle met sa poitrine en valeur grâce au décolleté en V avec le drapé et elle souligne sa magnifique taille fine avec la ceinture. Je lui prête ma veste en cuir de teinte beige et Naïa arrive avec les bottines assorties. Ensuite, nous passons par les mains expertes de Sara et de Manon pour la phase maquillage, puis par celles d'Agathe et Lola pour les coiffures.

Cet instant cocooning est extra et nous permet de profiter d'un laps de temps très agréable et pour Solveig de stresser un peu moins pour son rendez-vous.

Quand nous sommes toutes prêtes, je leur demande de se regrouper et nous nous prenons en photo afin d'immortaliser ce moment magique.

Chapitre 48

Angus

Ce soir j'ai donné rendez-vous à Solveig, un tête-à-tête non professionnel. Je vais lui ouvrir mon cœur, déposer mon âme à ses pieds, je ne saisis toujours pas comment j'ai pu tomber amoureux d'elle aussi vite ! Je ne suis pourtant pas du genre fleur bleue, en général je me trouve une fille qui me plaît, au bar ou dans une boîte, et nous passons une partie de la nuit ensemble avant que je rentre chez moi. Pas de sentiment, pas d'attache ! Enfin, jusqu'à elle…

Je suis très nerveux, je n'arrive pas à décider si je me sape convenablement ou plutôt décontracte ! Je prends déjà mon jean fétiche sombre, il me portera bonheur, j'en suis certain ! Ensuite, je sors de ma penderie les différentes chemises à ma disposition. J'écarte la noire, trop stricte ; la blanche, si banale ; la mauve, trop été ; la gris foncé : je valide ! Là je tiens le bon look, ni trop classe ni trop cool. Je m'admire devant la glace, elle met ma musculature en valeur sans excès.

Je mange un morceau sur le pouce, écoute de la musique et décide d'effectuer un peu d'exercice physique pour me détendre. J'enchaîne des pompes et des abdominaux, avant une petite séance de yoga pour ma souplesse. À la fin, je suis beaucoup plus calme, je maîtrise ma respiration et je vais alors me doucher, me raser de près et m'habiller pour Solveig.

L'excitation se voit jusque dans mes prunelles, je crois que c'est la première fois que je me trouve radieux. Je n'arrête pas de sourire, le vert de mes iris me paraît plus brillant, je me sens léger à l'idée d'avouer mon affection à celle qui me hante.

Il me faudra user de roublardise avec Malaury, afin de libérer mon père et sauver ma belle. Je décide de ne pas penser à cela maintenant, je ne veux pas gâcher la soirée.

Il est dix-neuf heures et la sonnerie de mon interphone me surprend. Ça y est, elle est arrivée ! Je décroche, lui dis que je descends et la rejoins à l'entrée de mon immeuble.

— Bonsoir Solveig, tu es resplendissante ! dis-je troublé devant sa beauté.

— Merci, tu es superbe aussi ! J'adore la couleur de ta chemise, me répond-elle.

— Je t'emmène dîner dans un petit restaurant japonais que j'ai découvert par hasard, en me promenant dans le quartier. Les plats sont délicieux et il y a suffisamment de choix pour que tu y trouves ton bonheur.

Elle attrape mon bras, nous marchons ainsi dix minutes en nous souriant et nous observant du coin de l'œil. Je devine qu'elle a envie de me parler, mais qu'elle n'ose pas encore… J'espère qu'elle se sentira plus à l'aise pendant le repas et le reste de notre rencard.

Je lui ouvre la porte du « *Palais du Mont Fuji* », la laisse passer devant moi. J'en profite pour admirer ses formes, mises en valeur par sa robe émeraude.

Une fois installés, nous commandons un apéritif maison à base de cocktails de fruits et de sirop de fraises.

— Je trinque à notre rencontre, à ton premier rôle et à tes progrès !

— Je porte un toast à ton arrivée au lycée, à notre tête-à-tête et à nous, dit-elle enjouée.

Je pose mon avant-bras sur la table et ses doigts viennent effleurer les miens, j'en frissonne et mes poils se dressent. Je la dévore des yeux, je me sens bien, libre et heureux.

Le dîner se déroule tranquillement, nous avons de nombreux points communs, comme la lecture, les animaux, la nature jusqu'à la même couleur préférée, le vert ! Étonnant, non ?

Je lui propose de goûter mes sushis, ce qu'elle accepte de bon cœur et je pioche dans ses gyozas au poulet, puis en dessert, Solveig prend des perles de tapioca au lait de coco avec des morceaux de mangue fraîche. Quant à moi, je reste sur un assortiment de mochis glacés et de makis Nutella banane. Elle rit devant mon assiette et mon air gourmand ! Elle essuie une trace de chocolat à la commissure de mes lèvres, je tressaille et je capte dans son regard une étincelle de désir.

Je règle la note, puis elle me suggère une balade dans le parc Thabor, qui est situé à cinq minutes d'ici. J'accepte avec joie, cela va nous permettre d'être ensemble plus longtemps. En sortant, elle se blottit contre moi, je la saisis alors par les épaules en lui souriant timidement.

Nous déambulons un moment, silencieusement, nous profitons de la présence de l'autre. Nos pas nous dirigent vers un magnifique saule pleureur, j'entends l'écoulement d'un cours d'eau à proximité.

Solveig m'entraîne à sa suite en me prenant par la main, nous nous enfonçons sous le feuillage de cet arbre majestueux. Il fait un peu plus frais ici, plus sombre aussi, les étoiles et la lune ne passent pas à travers les branches. Cet endroit est quasi surnaturel, il est mystérieux, envoûtant, le bruit des clapotis et des animaux lui donne un air romantique. N'y tenant plus, je rapproche Solveig de moi, je lâche ses doigts pour l'enlacer et plonge mon regard dans le sien. Je suis happé par l'intensité qu'ils reflètent. Elle place une de ses paumes sur ma hanche, l'autre sur ma joue, penche délicatement la tête sur le côté en ouvrant un peu sa bouche. Je prends cela comme une invitation, je l'attrape par la nuque avec affection et mes lèvres l'effleurent enfin... Quand brusquement une lumière éblouissante apparaît et un bouclier magique se dresse entre nous...

À suivre...

Remerciements

Je tiens à remercier ma famille :

Tout d'abord mon homme et mon fils, pour leur patience, leurs encouragements ainsi que leur compréhension lorsque je passe plus de temps sur l'ordinateur qu'avec eux.

Mes parents (Huguette et Bruno), car sans eux, je ne serais pas la femme que je suis, donc merci.

Mes sœurs qui sont à fond derrière moi et attendent mes sorties avec impatience.

Je suis également reconnaissante envers mes oncles, tantes, cousins et cousines tout comme mes frères pour vos encouragements.

Et surtout de me lire à chaque parution.

Je tiens à remercier celle qui a partagé sa plume avec la mienne :

Eh oui, c'est toi ma choupi, quand je t'ai parlé de mon rêve et de tenter cette aventure avec moi. Je craignais que tu refuses et heureusement tu as accepté, jamais je n'aurai pensé qu'écrire à quatre mains serait aussi facile. J'ai adoré passer ces heures en visio à bavarder de nos personnages, à construire cette histoire qui n'était au départ qu'un petit morceau d'une nuit de songe. Ces instants avec toi ont renforcé notre lien et je suis fière de toi, d'avoir sauté le pas et que tu aies réussi à te faire confiance.

Je t'aime fort, hâte de recommencer cette aventure avec toi pour le deuxième tome. Et un merci particulier à tes deux filles Camille et Mina, merci pour nous avoir aidé à avancer quand nous étions bloquées plusieurs fois et pour votre bienveillance.

À mon éditrice :

Bien sûr que je ne vais pas t'oublier, grâce à toi, je vis un rêve éveillé depuis la publication de mon premier roman et, à chaque nouvelle sortie. Merci pour ta confiance et ton amitié.

À nos bêtas :

Merci à Joe, Petit Poussin, Sherlock et Amélie d'avoir pris du temps pour nous lire, pour vos conseils et vos questions qui nous ont permis de progresser dans nos écrits. Merci infiniment.

À vous lecteurs :

Merci d'avoir suivi les aventures de nos personnages, à très vite pour la suite…

Nawel Nedeï

✳✳✳✳✳✳✳✳

Ce sont mes premiers remerciements et j'avoue que je ne sais pas vraiment quoi vous dire ! Je vais copier légèrement ma binôme et amie, mais je suis certaine qu'elle ne m'en voudra pas.

Tout d'abord, je souhaiterais t'exprimer toute ma gratitude, ma chère Nawel Nedeï, sans toi cette aventure n'aurait jamais vu le jour. J'étais dans l'ombre pour ta première sortie et tu m'as convaincue de prendre le clavier et de donner vie aux personnages dont tu as rêvé, il y a de ça un an passé. Sans tes multiples encouragements et ton soutien indéfectible, je n'aurais pas osé… Tu n'imagines pas à quel point je suis heureuse d'avoir franchi ce cap ! Alors mille mercis à toi, à ton homme et à Ewen qui supportez ma présence, nos appels interminables lors de nos sessions d'écriture. Surtout, ne changez rien, je vous adore !

Ensuite, merci à mes deux princesses Camille et Mina, qui me motivent depuis le début et me réconfortent quand je baisse les bras. Mon nom d'auteure vient de vous, vous êtes ma force et ma plus belle réussite. Je suis tellement fière de vous !

Merci à Stéphane Patry qui nous a permis d'avoir notre premier jet au format papier. Et aux autres administrateurs de Licence To Rock et amis : Sylvie Rottini, Cobretti Sly, Ninie Lith et Christelle Regnier pour votre écoute et votre envie de lire nos écrits.

Merci maman et Babis de votre soutien et d'avoir découvert ma première nouvelle et qui attendent (j'espère impatiemment) la sortie de celui-ci.

Puis nos bêtas, Mon Ti Poussin, Steeven et Amélie, ainsi que Joe Daniels, pour votre aide et vos conseils. Un petit clin d'œil pour le surnom de Malofoldingue déniché par Joe ! On adore ! Et promis, dans le tome 2, c'est elle qui va pleurer.

Enfin, ce sont des remerciements un peu spéciaux. Je voudrais remercier le groupe Lady Beltham (Cyd, Fab et Didier) pour tous ces vendredis soir en musique, où j'ai pu travailler en assistant à vos répétitions. Vous m'avez motivée, encouragée et même aidée quand je ne trouvais plus mes mots. Et je tiens particulièrement à exprimer toute ma gratitude et tout mon amour, à toi, Didier, guitariste de mon cœur, qui me permets aujourd'hui d'être la femme heureuse et épanouie que je suis devenue. Merci d'être là, d'être toi et pour ce « *nous* » que nous créons.

Pour terminer, Léticia, mon amie, mon éditrice, merci de me donner ma chance, de croire en mes écrits. Tu es une belle âme, et sache que ton amitié m'est très précieuse.

À vous chers lecteurs, j'espère que vous aimerez nos personnages autant que nous, que vous nous suivrez dans le tome 2 où les rebondissements et actions seront plus nombreux… Nous avons même des idées pour un spin-off, enfin si vous en avez envie ☺. Merci de nous avoir lu jusqu'au bout ! Et à bientôt.

Mina K

Pour suivre le groupe Lady Beltham, c'est par ici :

https://ladybeltham.bandcamp.com/album/premi-re-s-ance-2

Vous pouvez acheter soit un titre (2€) ou l'album complet (10€) ou plus si vous souhaitez les soutenir. De nouveaux projets sont dans les tuyaux…

Ils sont visibles sur Facebook :
https://www.facebook.com/profile.php?id=61552556855865

Mille mercis ☺

Table des matières

Dédicace 6

Prologue 9

Chapitre 1 11

Chapitre 2 19

Chapitre 3 25

Chapitre 4 31

Chapitre 5 35

Chapitre 6 39

Chapitre 7 47

Chapitre 8 55

Chapitre 9 63

Chapitre 10 69

Chapitre 11 77

Chapitre 12 81

Chapitre 13 87

Chapitre 14 91

Chapitre 15 99

Chapitre 16 105

Chapitre 17 113

Chapitre 18 121

Chapitre 19 127

Chapitre 20 133

Chapitre 21 137

Chapitre 22	145
Chapitre 23	149
Chapitre 24	155
Chapitre 25	161
Chapitre 26	165
Chapitre 27	169
Chapitre 28	177
Chapitre 29	185
Chapitre 30	189
Chapitre 31	195
Chapitre 32	203
Chapitre 33	211
Chapitre 34	217
Chapitre 35	225
Chapitre 36	233
Chapitre 37	243
Chapitre 38	251
Chapitre 39	263
Chapitre 40	269
Chapitre 41	275
Chapitre 42	281
Chapitre 43	289
Chapitre 44	297
Chapitre 45	309

Chapitre 46 315
Chapitre 47 323
Chapitre 48 327
Remerciements 333